メディアワークス文庫

拝啓見知らぬ旦那様、離婚していただきますII〈上〉

目　次

主な人物紹介

バイレッタ・スワンガン
洋装店オーナー兼縫製工場長。元ホラント子爵令嬢。

アナルド・スワンガン
戦場の灰色狐の異名を持つ。陸軍中佐。

ワイナルド・スワンガン
アナルドの父。スワンガン伯爵家の当主。

ミレイナ・スワンガン
アナルドの腹違いの妹。

サミュズ・エトー
ハイレイン商会の会頭。バイレッタの叔父。

ゲイル・アダルティン
元ナリス王国重機部隊の補給部隊長。

ドノバン
スワンガン家の家令。

バードゥ
スワンガン領地の執事頭。

モヴリス・ドレスラン
栗毛の悪魔の異名を持つアナルドの上官。

セイルラオ・エルド
若手の商人、バイレッタの元同級生。

エミリオ・グラアッチェ
バイレッタの元同級生。侯爵家嫡男。

アルレヒト・ハウゼ・ヴィ・ナリス
ゲイルの母方の従弟。元東方交易担当。

序章　最愛の妻からの手紙

ガイハンダー帝国の帝都は大陸の北方寄りに位置する。都を囲むように聳える山脈はミッテルホルンと呼ばれ、自然の要塞として都を、ひいては国を守っている。その山々の間の比較的なだらかな地形を利用して開かれた都からさらに北東に離れた場所に、今回の帝国陸軍第三方面の駐屯地はあった。

帝国は冬ともなれば、寒さも厳しく人々は屋敷に籠もって暖炉のある暖かな部屋で過ごすことが多い。真新しいけれど急ごしらえの建物である駐屯地にそこまでの暖を要求するのは難しいとも思うが、人々は暖かさを求めて集まる。

夕暮れ時の駐屯地の中の食堂もそのうちの一つだ。夕食にはまだ早めの時間ではあるが、それなりの人数がいて思い思いに過ごしている。四交代制の不規則勤務であるので、ある者はこれから勤務で、ある者は就業終わりといったところだろうか。

そんな喧噪の一角で、アナルド・スワンガンも同様に短い休憩に一息をついていた。まだ一日の仕事は終わっていないのだが、待つこともできずこうして無理やり休憩をとっている。自分の副官には一言告げてきたので、何かあれば呼びにくるだろうと浮ついた頭の片隅で補完する。

原因は先ほど届いたばかりの手紙のせいだ。

そもそもなぜ真冬にこんな山腹にいるのかといえば、愚かな北の隣国であるアミュゼカが国境となる雪山を進軍してきたためだ。帝国側は防衛のために一個師団を駐屯させ、そこに組み込まれてしまった。以前の自分ならば何も思わないが、今の心境は敵国への恨みで満ちている。

よりによってこの時期に攻めてくるとは、愚か者どもめ。

真冬は行軍に向かない。ミッテルホルンの山々は冬ともなれば厳しい自然の要塞だ。だからこそ、隣国はいつも初夏に攻めてきていた。傭兵国家でもあるアミュゼカが攻めてくる理由は様々だ。豊かな国土を奪うためにやってくることもあれば、一時の食物などの資源欲しさに侵攻してくることもあれば、時には周辺国に雇われて攻めてくることもある。けれど背後にどのような思惑が絡んでいるにせよ、雪と寒さで身動きのとれなくなる冬にやってくることはない。

これまでならば。

今回の理由はまだ判明してはいないが、今年は真冬に攻めてくるという異常事態だ。彼らが来なければ、アナルドは久方ぶりの休暇を得て帝都にいたはずだった。二ヶ月ほど前に、南西部の小競り合いが終結したところだったのだ。

もちろん帝都というより、妻の元で過ごしていたはずだ。

八年と半年前に結婚したアナルドには妻がいる。だが妻と初めて顔を合わせたのは半年ほど前のことで、実際に一緒に過ごした時間も僅かだ。政略結婚であり、長年顔を合わせなかった妻だというのに、溺れるのに時間はかからなかった。

今ではすっかり愛妻家の仲間入りだ。

誤解があり最初はさして興味の持てなかった妻に、想いを告げて夫として傍にいてもいいのだと許しも得た。

自覚はないけれど、浮かれているらしい。友人から指摘されて、なるほどと納得するほどには温かな感情が身の内を浸しているのを感じる。

そんな彼からは、新婚みたいなものだろうと告げられた。

軍人だって人間だ。新婚生活は甘やかで、デレきっている。政略結婚もあるけれど、恋愛結婚して楽しそうな部下や上司の姿をこれまでたくさん見てきた。その筆頭が自身の友人でもある同じ階級の男で、彼はとにかく妻を最優先させる。ことあるごとに嫁自慢を聞かされていた。そんな同僚を散々眺めてきたので、新婚ならば自分も浮かれていいはずだと内心で権利を主張する。

だというのに真冬の雪が猛吹雪か吹雪かというくらいの違いしかない天候のもと、中腹の駐屯地でむさくるしい男たちに囲まれて仕事をしている状況に憤りを覚えた。

だがそんな鬱屈した感情を一時、慰めてくれるのが手の中の手紙である。白い便箋はスワンガン伯爵家の家紋入りの透かしが入った上等なもので、開くといつもふわりと花の香りがする。妻が愛用している香油だ。その香りとともに柔らかな女性らしい筆跡で業務報告のような手紙が届く。

もちろん妻であるバイレッタからだ。

帝都で洋装店のオーナー兼縫製工場を経営している敏腕社長である彼女の日々は忙しい。朝から夜遅くまで働き詰めのようで、細かい一日のスケジュールを書いてくれていた。そんな忙しい時間の合間にこの手紙を送ってくれる心が嬉しいのだとアナルドは実感する。

こうして届く手紙は久方ぶりのことでもあり、こちらの駐屯地に来て初めてのことだった。そのため、いそいそと休憩にかこつけて手紙を開けている。離れた場所にいる妻の近況が知れるというのはなかなか楽しい。傍で見守れないのは歯がゆいこともあるけれど、妻が精力的に仕事をしている姿が自然と浮かんでくる。彼女のアメジストの瞳がきらきらと輝いて、どこまでも楽しげに揺らめいて。

仕事を生きがいにしている妻は誰よりも美しく、見ていて飽きない。そんな姿が文章から窺い知れるのも楽しいものだ。

「お、いつもの定期報告か」

手紙を読んでいたアナルドは顔を上げて、テーブルを挟んで向かいに座った同じく中佐である友人を見つめた。彼は飲み物すら持たずに座っているアナルドの前にコーヒーの入ったカップを置きながら、からかうように笑った。妻からの手紙が業務報告のような内容であるとすでに知っているからだ。

けれど友人の態度に、アナルドは切れ長のエメラルドグリーンの瞳を静かに向けた。いつもは涼しげな瞳は熱を持ち、白磁の肌もうっすらと色づいている。美貌の中佐として有名であるアナルドの感情は滅多に動くことはなく、敵兵のみならず仲間内からも『冷血狐』の異名を授かっているほどだ。そんな彼が珍しく感情を高ぶらせている様子に、友人はやや目を丸くした。

最愛の嫁からの手紙を読んだにしては緊迫感を孕んだ表情に気がついたからだろう。

「なんだよ、どうかしたのか」

「今すぐ、帝都に帰還する」

「は？」

驚きつつも、アナルドがテーブルに置き去りにした手紙の文面を目にした友人は一瞬にして真っ青になった。

「お前、彼女とうまくいってるんじゃなかったのか？　なんだってこんな手紙が届くんだよ。なんにせよ、帝都に戻れるわけないだろうが。早すぎるぞ、まだこっちに来て一ヶ月ほどなんだから」

友人はアナルドが妻を溺愛していると知っている。南西部に行った際には一日目からそわそわして手紙を待っていたのも見ていたが、こちらに来てからは不安げな素振りもなく、夫婦仲も落ち着いていると考えていたのだろう。

実際に、アナルドも先ほどまでは妻とは良好な関係を築けていると思っていた。だというのに、突然突き付けられた冷ややかな文言に戸惑ってしまう。

「何かが起きているに違いないんだ」

「え、どういうこと……待て、本当に帰るつもりじゃないだろうなっ」

友人が慌てふためきつつ、立ち上がったアナルドを止めた。

「待てって、職務放棄なんて軍法会議ものだからな！　ちょっと落ち着けっ」

アナルドの本気を見てとって必死に抑止する友人に、静かに怜悧な視線を向けた。

敵を追い詰め、罠を張り巡らす。アナルドがその灰色の髪から『戦場の灰色狐』と呼ばれる所以でもある。そんな敵に向けられるような瞳を見返した友人は、真っ青になりながらも叫んだ。

「今すぐ愛しい妻のところに帰りたい気持ちはわかるが、どういうことだ。何が起きてるっていうんだよ」

愛妻家の友人だ。だからこそ今すぐ帰りたいというアナルドの心情も理解してくれるが、駐屯中の勝手な一時帰還などどんな理由があるにせよ認められるわけがない。軍人としての生命線が絶たれるのと同じことだ。

けれど、夫としての権利を認めてくれた妻が、問答無用でその権利を棄却するような手紙を一方的に送り付けてくるなどあり得ない。責任感が強く、有言実行のバイレッタらしからぬ所業だ。つまり、彼女がそのような行動に出る何かを自分がしでかしたのだろう。

心当たりはさっぱりないが、妹から散々女心に疎いと指摘されたアナルドには理解できない何かをやらかしてしまったのかもしれない。

とにかくこの手紙を異常事態だと言わずして、何を異常と言えばよいのか。

「何が起きているのかはわからないが、俺の妻は物凄く意地っ張りなんだ」

ストロベリーブロンドの愛らしい髪色のややきつめな容姿をしている派手な美女で

ある彼女は言葉に尽くせないほど可愛らしいけれど、物凄く意地っ張りだ。口も出れば手も出るじゃじゃ馬で、行動は迅速。

そして何より、負けず嫌いでもある。

何かがあっても簡単に助けを求めることはしない。

一般的な愛妻からかけ離れているだろう彼女の性格もとても愛しく思ってはいるけれど、今はとにかく嫌な予感がした。

そもそも今回の手紙は花の香りがしない。急いでいたのか、走り書きで慌てたように字が踊っている。

いろいろな要素が不安を掻き立てた。

「それとこれとどういう関係があるって⁉」

理解できないと言いたげに叫ぶ友人に納得してもらうような時間はない。アナルドがそう判断してテーブルから離れた途端に、のほほんとした声がかけられた。

「なんだい、君たち。憩いの場で騒動だなんて感心しないな」

「ドレスラン大将っ、ちょっとコイツを止めてくださいよ。帝都に戻ると言ってきかなくて！」

にこやかに片手を上げてやってきたのはモヴリス・ドレスラン大将だ。栗毛の髪に人好きのする微笑みを常に浮かべているが、内面は人格破綻者である。

酒、賭博、女と、およその享楽に尽くす道楽者で、上司としては厄介極まりない。

けれど軍人としては恐ろしく優秀である。

にこにこと笑みを浮かべながら、物騒な作戦をいくつも同時に進行させて完璧に指揮をとる。つまり全く油断のならない相手でもあった。

「帝都に戻る？　なんだ。その様子だと君の耳にも入ったのかな」

穏やかに微笑んで、『栗毛の悪魔』の異名を持つ上司は爆弾を投下した。

「君さ、バイレッタと離縁してもらうことになったから」

――テーブルの上には変わらず手紙が置かれていた。

『拝啓　冷血な旦那様』そんな穏やかならぬ文言で始まる手紙だった。

第一章　不穏な噂

時は遡ること、二ヶ月前――。

ガイハンダー帝国の帝都は冬の厳しい寒さに凍えていた。大陸の北方に位置しミッテルホルンの山々に囲まれた標高の高い地域の比較的なだらかな起伏に開かれた都なのだから、冬ともなれば寒いものだ。

だが、今冬ほどの寒さは珍しいと人々は口々に噂するほどだった。

先の軍部によるクーデターがひとまず落ち着いて季節が一つ移ろったが、真新しい道路や橋や建物を見るたびにあの時の騒動に顔を曇らせる都の人々もまだ大勢いる。

帝都の中央部にある豪奢なスワンガン伯爵家の玄関ホールで、水色のつぶらな瞳を潤ませた少女を前に、夜会用の華やかな外套を纏ったバイレッタは途方に暮れた。

帝都の人々に暗い翳りを落としているのと、少女――義妹のミレイナが悲しんでいるのは随分と意味合いが異なるけれど。

「レタお義姉様、本当に行かれるのですか？」

まるで今生の別れのように悲しまれている。

戦地にいる夫ならばともかく、そんな生死に関わるような重要なことでもない。けれど、可憐な瞳で見上げられれば、強く抵抗することも難しい。血の繋がらない義妹には誰よりも甘いと言われるのも納得してしまうほどではある。だが、今回は心を鬼にしてでも行かなければいけない理由がある。

「いつもの夜会に行くだけよ。これも仕事のうちだから」

「あの、でも、そう、傷がまだ癒えていないでしょうから」

先のクーデターで今いる玄関ホールが爆破された時に、背中に熱傷を負ったが剣を扱うバイレッタにとっては些細な傷だ。二日後には仕事に行くほど動けたのだから大したこともない。それは義妹も見ているので、わかっているはずだ。

そもそも、とバイレッタは首を傾げつつ尋ねる。

「この前一緒に出かけた時は何も言わなかったのに？」

「あの時は──知らなかったので……」

クーデターが落ち着いてすぐに、ミレイナと夫と三人で昼食を食べに出かけた時は何も言わなかったのに、今日に限ってどういうことだろう。

義妹は言い淀んでそのまま視線を虚空に彷徨わせた。

バイレッタの見送りに来ている家令のドノバンに視線を送れば、彼もミレイナの様子には心当たりがないようで、不思議そうに横に控えているだけだ。

「知らなかったって怪我の程度のことかしら。もともと大丈夫なのよ。それにドノバンだってすぐに仕事に復帰したじゃない」

「私は若奥様に助けていただいたので、なんら問題はありません」

ドノバンは困ったように微笑んだ。高齢の家令はいつも背筋をぴしっと正しているが、温和な雰囲気で冷たい印象はない。さらにはバイレッタが彼を助けてから深い感謝と畏敬のまなざしを向けられるようになった。絶対的な味方は嬉しいけれど、崇拝されるほどの敬愛の籠もった視線はやや居心地が悪いのも事実。

ドノバンの穏やかな様子に、ミレイナは言葉を探して口を開閉した。

そんな彼女の柔らかな頬に、バイレッタはそっと手を這わせる。

「心配してくれてありがとう。でも本当に平気なのよ。それに可愛い貴女にいつまでも悲しまれるのは辛いわ」

瞳を覗き込みながら微笑むと、ミレイナが真っ赤になった。

「お義姉様……！」

「おい、出かけるんじゃあないのか？」

物凄く不機嫌そうに声をかけられて、バイレッタが傍にある階段を見やると、渋面を作った義父のワイナルドがいた。

上品な夜会服の上から外套を羽織っている姿に、目を瞬かせる。

「あら、お義父様。早速使っていただけるなんて光栄ですわ」

義父が着ているのは、バイレッタの店で仕立てた紳士用の外套だ。試作品なので、一着しかない。最初は義父に贈るつもりはなかったが、紆余曲折あり彼が着ることになった。それも贈った時は嫌々受け取っていたはずなのに、久しぶりの夜会で着てくれるのだから実際は気に入ったのだろうか。

「……ったまたま、手に取ったのがこれだったんだ。くだらんことを言っていないで、さっさと行くぞ」

「よく手に取って眺めておられたので気に入られたのは確かなようですよ」

苦虫を噛み潰したような顰めっ面で、義父は吐き捨てたが、こっそりとドノバンが耳打ちしてくれた。

なるほど、気に入ったのならよかったが素直ではないな。実に、気難しい男である。

試作品なので着心地など使用感をぜひ聞いてみたいところだが、素直に白状することもないだろう。もともと遊びの一環ではあるので、バイレッタにとってはどうでもいいことだが。

「おや、皆揃って……俺の出迎えというわけではなさそうですね」

振り向けば玄関の扉を開けて入ってきたのは、いるはずのない軍服姿の男である。

彼は今、南西部の戦地に赴いているのではなかったか。

けれど何度瞬きしても、別れた時と変わらない姿で立っている。艶やかな灰色の髪に、煌めくエメラルドの瞳は切れ長で涼しげで。白磁の肌は、濃い軍服にくっきりと映える。

相変わらず彫像のように整った容貌はおとぎ話のように浮世離れしているほどだ。

だがバイレッタが注目したのは彼の容姿ではなく彼に目立った怪我がないことだ。とりあえず見えている範囲に傷や包帯は見えない。そのことに安堵しつつ、バイレッタは顔を顰めた。

「お帰りになるとは聞いておりませんでしたが」

「急に帝都に戻ることが決まったので、報せるよりもこうして戻ってきたほうが早かったのです」

けろりと答える声は記憶にあるそのままの落ち着き払った憎らしい声だ。だというのに、やはり胸を満たすのは安堵に似た気持ちだった。

八年前に結婚した夫は婚姻したその日に戦地へ向かって旅立っており以後手紙の一

つもなかった薄情な男だ。政略結婚の典型的な例ではあるが、ここまで徹底して交流がないといっそ清々しい。そうして戦争終結の折、戻ってくるという彼に離縁状を送りつければ、一ヶ月の夫婦生活を行い子供ができなければ離婚するという非人道的な賭けを申し出てきた男でもある。

身勝手で人の話を聞かない強引な男。

アナルド・スワンガン。

ガイハンダー帝国陸軍騎兵連隊長であり、戦場では灰色の髪色から『灰色狐』と恐れられる冷酷無比の美貌の中佐である。

そんな最低夫に安堵するだなんてどうかしている。自分が信じられない。

最終的には彼はバイレッタにした仕打ちを謝ってくれたが、すぐにまた新たな戦地である南西部へと向かった。その際に手紙を書いてほしいと要求してきた。愛する妻からの手紙が欲しいと懇願されたが、頻繁に手紙で知らせるようなことが起こる生活を送っているわけでもない。しかしアナルドからは、バイレッタが戦地へ送るよりも何通も多く届いた。正直それほどまめではないだろうと高を括っていたのだが、驚愕である。

何がどう転んで、そんな筆まめな夫になったのか。空白の時間を取り戻す勢いで送られた手紙はバイレッタの自室の書棚の中にぎゅうぎゅう詰めで押し込められて溢れているほどだ。これには手紙を渡してくれるドノバンも若干引いていたように思う。何より届く頻度が異常だ。

その上、あれほどたくさん届いたくせに、戻ってくる時には便りがないとか、どういうことだ。肝心な時に役に立たない手紙である。

とにかく夫が無事であることはわかっていた。わかっていたけれど、実際にこうして声を聞くのは二ヶ月ぶりであるのも確かで。

胸の片隅で久しぶりに会えたことを喜ぶ自分を感じて、戸惑う。

男の趣味が悪いと思うし、そんな感情を抱いた自分が信じられない。

バイレッタの幼い少女のような恋心は、まだまだ未熟で全くもって手に負えない代物だった。

正直に言って恋愛事情に関しては苦手分野でもあるので、こんな時にどんな顔をして夫を出迎えればいいのかもわからない。

「若様、お帰りなさいませ」

ドノバンが一礼してアナルドに安堵の目を向けた。自分よりもよほど妻らしい出迎えである。バイレッタは思わず感心した。けれど、アナルドは特に気にした様子もなく、まっすぐに自分を見つめている。

「ああ、戻った。皆、変わりないようだが」

アナルドは家令に向かって疲れたように答えると、バイレッタに近づいてそっと手をとると指の先に口づけた。漏れ出る甘さを滲ませつつ、上目遣いで微笑まれれば、自然とバイレッタの頬が熱くなる。

どこの騎士の真似事だ！

普通に帰宅の挨拶を告げればいいだけなのに、あまりに仰々しい夫の態度にバイレッタは思わず立ち尽くす。

整えられた爪をさらりと愛撫されつつ、長い指が名残惜しげに離れていくのを無理やり意識の外に追い出した。

「ただいま戻りました。多少汚れているので抱きしめられないのがとても残念です。それにしても、少しでも早く妻に会いたくて急いだのですが、相変わらず忙しいようですね。そんなに綺麗な格好をして、これからどちらへ出かけられるのですか」

「お、お帰りなさい。少々、夜会に行ってきますわ。旦那様はそのままゆっくりなさってください」

戦地からの帰還なのだから、激務に違いない。疲れの見える夫を労ると、少し寂しそうにつぶやかれる。

「相変わらず父とは仲が良いのですね」

ちらりと視線を投げかけたアナルドが僅かに目を瞠ったが、ワイナルドは憮然としたまま答えた。

「お前の嫁が勝手にあれこれとついてくるだけだ」

「お義父様がスワンガン伯爵家当主としてご立派に務めておられますので、いつも助かっていますわ」

今からバイレッタが出かける夜会は貴族派が開いている。ガイハンダー帝国は戦争に明け暮れて領土を広げてきた。その母体となる旧帝国貴族派の夜会に招待されるのは、それなりの血筋を持つ特権階級の者に限られる。

元子爵家の娘で軍人の夫を持つバイレッタが苦労もなく顔を出せるのは、ワイナルドのおかげでもあるのだ。

「ふん、随分と皮肉げに聞こえるがな」

「あら、それはお義父様の被害妄想かと思われますが。いつもとても感謝しているのですけれど」

スワンガン伯爵家は領地も広大で莫大な税収を誇る。その運営を散々手伝わされているバイレッタの言葉に、少しくらいは皮肉を感じてもらわなければ報われない。けれど夫は別の捉え方をしたようだ。

「父ばかり褒められるのは面白くないですね」

実父と嫁の応酬を眺めていた夫が、無表情で割り込んできた。

別に義父を心の底から褒めていることはないのだが、それの何が気に入らないというのか。

「俺も何か妻に褒めてもらいたいのですが」

「何を褒めてほしいんです？」

「なんでもいいですよ」

バイレッタは絶望を感じた。夫の何を褒めろというのだ。

手紙をたくさん送ってきたこと？

それとも戦争帰りのくせに少しも損なわれない彼の美貌を讃えろとでも？

期待に満ちたエメラルドグリーンの瞳を、バイレッタは胡乱げに眺めた。

「お兄様に褒めるところなんて一切ありません。それより、私に対する嫌がらせの謝罪を要求いたします」

先ほどまでバイレッタを潤んだ瞳で見上げていたミレイナが、吊り上がった目を兄に向けてぴしゃりと言い切る。アナルドは心当たりがないのか不思議そうに首を傾げている。

「それはどういう意味だ」

「数々の！　縁談のことですわっ」

ミレイナは目を見開いて、そのままアナルドに詰め寄った。

「嫌がらせ？　選びやすいように軍人から貴族から、年齢の幅も前後十歳で揃えてやっただろう」

「そんな商品のように並べられた縁談などお断りです！」

話題が変わって安堵しつつバイレッタは義妹の援護射撃をする。

「ミレイナもそろそろ婚約を考えないといけないのはわかっていますが、さすがに突然でしょう。もう少しお時間をいただいてもいいのではないですか」

十四歳の愛らしい義妹ならば、さぞかし婚家でも大事にされるだろう。いや義妹を大事にしない家になど端から嫁がせるつもりはないけれど。

そもそも義両親はそれほど政略結婚に重きを置いていない。だからこそ、これまでそういった話がなかった義妹にとってはあまりに突然すぎて驚くしかない。

何より兄の思惑が透けて見えるので、賢いミレイナがうっかり乗るはずもないのだが。

ことあるごとにバイレッタに離婚を勧める妹を屋敷から追い出そうと画策したアナルドが持ってきた縁談だ。中にはモヴリスからの紹介もあった。夫の直属の上司であり、バイレッタをスワンガン伯爵家に嫁がせた張本人でもある。『栗毛の悪魔』の異名を持つ人格破綻者であるので、断って正解だとは思う。明らかに面白がっている様子が窺えるような相手だった。

察したミレイナが、すべてを一刀両断のもとスパンと断っていたのは当然である。

「心配しなくても、お前の嫁と違って立派な淑女には向こうからきちんと縁談が来るものだ」

助け船なのかどうか怪しいが、ふふんと底意地悪く笑う義父を見上げてバイレッタは呆(あき)れた。

ミレイナが淑女であることは大いに認めるが、自分の嫁におかしな条件をつけてきたのはアナルド本人である。彼が上官に度胸があり腕の立つ女性という道場破りのような条件を提示したのだから。

つまりおかしいのはワイナルドの息子である。義父は自分の首を絞めることになると気づいていないのだろうか。

「今は兄嫁以外のことになど気が回らないだろうしな」

やれやれと肩を竦めてみせた義父は先ほどまでのバイレッタとミレイナの攻防を思い出しているのだろう。

「そんなにバイレッタについて回らなくても、他にやることがあるだろうに」

「何をおっしゃいます。お兄様がご不在の間、お義姉様には有意義にお過ごしいただきたいのですわ。細々と配慮するのは当然です」

「配慮というのなら、つきまとうべきではないのでは？」

「つきまとうだなんて失礼な。女心に疎いお兄様とは違って、決してレタお義姉様のお邪魔になるようなことはしませんわ」

ほとんど接点のない兄にミレイナは怯えていたはずだが、今ではすっかり言いたい放題である。これも仲が良いということだろうか。

微笑ましいとは言い難い兄妹喧嘩を横目にさてどうしたものかと思案すれば、ふんと鼻を鳴らした義父がさっさと玄関へと向かう。

「仕事をしろ。話をつけたい相手がいるんだろうが」

どうせアナルドは夜会についてくることはないし、帝都に戻ってきたばかりなので疲れているはずだ。休みたいだろうから、そっとしておいたほうがよいだろう。

「そうですわね、では行ってきます」

「お気をつけて、いってらっしゃいませ」

アナルドとミレイナの言い合いを背に、ドノバンの落ち着いた声音で送り出されたのだった。


今夜バイレッタが参加する夜会はデルフォーレ伯爵家がホストを務める。貴族派が開く夜会の主な目的は、人脈作りと情報交換だ。領地持ちの彼らにとって有益な人材や情報を手に入れるためには必要な行為である。定期的に開催しては帝国内のほうぼうの情報がやりとりされ、集められる。

それは理解できるが、帝国は真冬である。しかも今冬は特に厳しい寒さだというのに、この会場の派手なことといったらどういうことだろう。もうすっかり春になったかのような華やかさと活気に満ちている。

バイレッタは付き添いとして隣に並ぶ義父のワイナルドの袖を思わず強く握り締めてしまった。

「今更、緊張しているわけでもないだろうに。なんて顔をしているんだ」

「別に、普段通りですわよ」

呆れたように告げられて、バイレッタは笑顔を張り付けた。

久方ぶりに開かれた夜会であることはわかっている。それまでは軍部のクーデターのとばっちりをくってはならないと自粛されていたのだから。その後クーデターは片づいたものの屋台骨となる貴族派筆頭と軍部の争いにより、話し合いが続いている間は大人しくしていた。それがある程度の折り合いがついたとわかったらあっさりと開かれた夜会に、バイレッタは憤りを必死に隠す。

軍部のほうには今のところ大きな夜会などの集まりはない。上の話し合いが落ち着いたとしてもクーデターで壊された橋や建物の修復、捕らえた者たちへの処分と、残務処理で忙しいからだ。

バイレッタが嫁いだスワンガン伯爵家は貴族派に属さないものの、領地を持つ旧帝国貴族の流れを汲んだ由緒ある家柄だ。たとえ義父が元軍人の元酒浸りで現在は嫁を散々こき使って領地を経営しているロクデナシだとしても、血筋は間違いがない。対して軍人は数々の戦争で爵位を得た元平民が多い。貴族といっても成り上がり者であり、歴史も浅い。そのため貴族派とは対立していて軍人派と呼ばれる。つまり、スワンガン伯爵家が旧帝国貴族の血統であったとしても軍人であるというだけで、貴族派の中では異端の存在ということになる。

　だというのに貴族派の夜会から排除されないのは、しっかりとした血筋もさることながら領地経営による莫大な富を築いているからだ。帝国内でも一、二を争う資産家でもある。先の南部戦線の長引く戦火により帝国は一時清貧であることが貴ばれるほどに貧しくなったが、堅実な領地経営のおかげでスワンガン領地の収支は黒字報告されている。そのため、歴史と矜持しかない貴族派連中が、こぞってスワンガン伯爵家にご機嫌伺いにいそしんでいるというわけだ。けれど、軍人を輩出している異端児でもあるため、積極的に交流することは少ない。

　こうして貴族派の夜会に招待されて遠巻きにされていることからもそれは窺える。招待してやっているという感覚が彼らに根付いているのはひしひしと感じるのだから。軍人は彼らにとっては卑下する対象なのだ。

　華やかなドレスをひらめかせ、音楽に合わせて煌びやかな光の溢れるホールを泳ぐように踊っている人々を一瞥して目を伏せる。同じようなドレスに身を包んではいるが、バイレッタの心境は彼らとは決して相容れないだろう。

　貴族派が優雅に生活できるのは帝国軍人が日々戦争に明け暮れているおかげであり、感謝されこそすれ、侮られることはないというのに。

バイレッタの実父も軍人であり、もともと実家の子爵家は騎士の家系だ。貴族派とは決して馴染めないけれど、内心の憤りを義父とはいえ、気取られるだなんて論外だ。

優雅で艶やかに見えるように口角を上げる。

そもそもバイレッタの戦場は夜会である。久しぶりではあるけれど、最初は商人である叔父に連れてきてもらって、その後は義父とともに参加してきた。長年戦ってきたのだから慣れたもの。今更怖気づくわけもない。

煌びやかなドレスも、華やかな笑みも、おいそれと他人を寄せ付けない武器になる。

それにバイレッタには事実無根ではあるが、悪名もあるのだから。

「お義父様こそ、若い愛人を久方ぶりに自慢できるからと興奮しすぎないでくださいませね」

悪名を含ませた揶揄を向ければ、義父は案の定鼻白んだ。

「ふん、相変わらず減らず口ばかり叩きおって。誰が、お前のような粗忽者を相手にするか。自慢になどなるわけがないだろうに」

口をへの字に曲げて、しっかりと反論してくる。

「ああら、お義父様ったら本気かしら。毎回これほど周囲の視線を集めているというのに、ご自覚がございませんの。ご年齢を重ねるといろいろと鈍くなると言いますしね、ご自愛くださいな？」

まとわりつくような悪意ある視線のうちの一つはバイレッタの悪名のせいだろう。義父も関係しているので、二人で揃って参加すればひそひそこそと内容が微妙に聞き取れる絶妙の音量で噂をされている。

これが気にならないとか、さすがは義父である。年も年なので、しっかりと体調も気遣わなければ。耳が遠くなって反応が鈍くなってしまうのは年のせいかもしれないし。

憐憫の目を向ければ、さらに憤慨された。

「人を耄碌じじい扱いするなっ」

憎まれ口を叩く義父との関係は良好に築けている。世間との認識からは随分とずれているだろうが、過ごしやすい婚家であることは嬉しい誤算だった。

視線を巡らせれば、バイレッタと義父に向けられていた皮肉や蔑みが明後日の方向に向く。いくら華やかでも、この夜会は黒々として歪だ。悪意に満ちていて好き好んで馴染みたいとも思わない。実際に、義母は嫌っているので夜会には一切出ず、仲の良い友人たちのサロンを渡り歩いているだけだ。

義父や叔父と爛れた関係にあると噂を立てられ悪女のレッテルを貼られているバイ

レッタにとっても決して優しい場所でもない。

けれど今はいつもの毒を含んだ視線の中に、恐れのような視線が混じっているような気がしてバイレッタは内心で首を傾げた。

「夜会の雰囲気が、少し変わりましたか？」

「遠巻きにこそこそと噂するところは同じだろうが。昔から少しも変わらん」

バイレッタの悪評が一因だとしても、大きな要因は他にあるのだろうと勘繰るには十分だ。以前それとなく小耳に挟んだ噂によれば、大昔に取り巻きとなる貴族たちに盛大にワイナルドが嚙み付いたことがあるらしい。その後はもっぱら狂犬扱いで極力距離をとられているとのこと。もちろん詳細を義父が口にすることは決してなかった。

だがこうして貴族派の夜会には渋々ながらも参加しているので、それなりに社交的ではあるのだ。いつも幾人かとは簡単に会話をして、さっさと帰ることになっている。

けれど今日の夜会は主にバイレッタが頼んで連れてきてもらっているので、ここで義父の機嫌を損ねるのはまずい。幸いにも周囲の様子を気にしていないようなのでほっと胸を撫で下ろした。

「ほら、あそこにやつがいるぞ」

顔の広い義父が、目当ての者を見つけて顎をしゃくる。

バイレッタにとっても居心地の悪い夜会に参加するのは、仕事に繋がるためだ。

縫製工場を経営し、服の販売まで手掛ける商売人である。帝都に店も構え、軍とも取引をしているほど商売は繁盛している。最初は大商人たる叔父の助けを借りて始めた事業だったが、今ではバイレッタ一人で十分にやっていけるほどに成長した。

だからこそ、商機を逃すような愚かなことはしない。

「ケベッツ伯爵は先日、大きく事業を失敗なさったそうよ」

「領地に引きこもるかと思われたけれど……」

「娘を高く売るつもりでしょう？」

こそこそと噂話をする貴婦人たちの視線の先に、義父に比べて気弱そうな男とその娘が立っていた。バイレッタはそれを確認して添えていた義父の腕をそっと引く。

意図を察した義父は、そのままケベッツ伯爵の元へと足を向けた。

さあ、戦いの始まりだ。

「ケベッツ伯、貴卿（きぎょう）も来られていたのだな」

白々しくワイナルドはやや年下の中年の男に声をかけた。生気のない顔が、義父を見て力なく微笑む。

「スワンガン伯……」

「話は聞いたぞ、どうにも事業が大変だとか」

義父が切り出した途端に、やや警戒したように瞳を伏せてケベッツ伯は頷く。その背中を支えるように娘がそっと寄り添った。義妹と同じくらいの年齢に、思わずバイレッタの口元が弧を描く。

義妹はとにかく可愛い。同じ年頃というだけで、無条件で庇護対象になってしまう。

「買い取り手が見つからないだけで……それほど大変ではないさ」

ケベッツ伯爵家は帝国の南部に位置する丘陵地帯の一角に領地を構える。もちろん旧帝国貴族派に属しているがそれほど大きな家門ではない。帝都からやや離れた南部を所領に与えられている時点で、察することができる。

代々の当主は実直勤勉で、真面目に小さな領地を治めていた。善良すぎるほどに善良な領主だ。

綿花の栽培が主な収入源で、それ以外に目ぼしい作物はない。ところが、そこに外来産で格安の綿花が入ってきた。おかげでケベッツ伯爵家の領地で栽培された綿花が売れなくなってしまったという単純な話なのだ。

「つまり、商品はあるということでよろしいですか」

バイレッタはすかさず口を挟んだ。

「そ、そうだが……君は……？」

「息子の嫁だ。どうにも口ばかり達者で、年長者を敬うことを知らない傍若無人なところもあるので現在進行形で八年ばかり教育中ではあるが」

苦虫を噛み潰したように義父が説明したが、余計な情報が多すぎる。

だが、義父が紹介した途端に、ケベッツ伯が驚愕の表情になった。

「まさか…『閃光の徒花』？」

「え？」

聞いたことのない呼び名に耳を疑う。まさか、自分に呼びかけられたのだろうか。

「先の軍のクーデターで悪女対決を繰り広げて、爆弾を華麗にかわして敵に切り込んだその姿は、閃光のように素早く妖艶だったというスワンガン伯爵家の嫁……常に剣を携帯して怒らせたら即刻、切り捨てられるとか……っ」

なんだって？

クーデターでは確かに長年社交界に君臨していた毒婦であるライデウォール女伯爵と対峙し、爆弾を持ち出した彼女に襲われそうになった。だが爆弾を処理してくれたのは一緒にいたアナルドであるし、彼女を無効化したのも彼だ。のちに彼の部下が連行したので、切り倒した覚えは一切ない。そもそもあの場に剣など持ち込まなかった。

だというのに、誰だ。そんな噂を実しやかに流した者は。

だから、出がけにミレイナが過剰なほどに心配していたのかとバイレッタはようやく察した。友人たちのサロンに出入りしているのは義母だけでなく、ミレイナも同じだ。バイレッタよりもずっと社交的な義妹は噂を聞き及んでいたのだろう。兄嫁の悪評を嘆いていた心優しい義妹だ。さらに助長した噂に心を痛めただろうことは容易に判じられる。

「なんとも大層な話だな。お前は嫁いだその日にも儂に向けて剣を振り回していたしなあ。そういえば、喉元に剣を突き付けられたか。あれはなかなか堂にいっていたものだ」

「ひい、勘弁してくれっ」

やめてあげてください、本気で怯えている人がいるので。

からかいを含んだ義父のつぶやきに憮然とするが、努めて笑顔を向ける。

何より嫁いだ日に義父に剣を向けたのは正当な理由がある。それをよく知っているはずの義父の意地悪には決して屈しない。

「あら、お義父様はご自身の腕前を謙遜することがお上手ですわね」

小娘と馬鹿にしている嫁から剣を突き付けられるほど、義父の腕が下なのだとばらしているようなものだ。

暗にこれ以上口を開けば墓穴を掘るぞと脅せば、意図を察して義父は不機嫌そうにそっぽを向いた。都合が悪くなるとすぐに拗ねる。

バイレッタはそんな義父をすっぱり無視して、極力落ち着いた声音で口を開く。

「初めまして。私、バイレッタ・スワンガンと申します。帝都で多少商いをしているのですけれど、少しお話ししてもよろしいですか」

「商い……？　こんなに若い女性が？」

怯えつつも、好奇心と戸惑いに揺れる瞳を向けられて、バイレッタは嫣然と微笑んだ。

商談に必要なのは耳に触りのよい言葉を、いかにそれらしく相手に伝えるかである。信用を勝ち取るには第一印象がとにかく大切だ。

「商売に必要なのは余計な噂でも年齢でも性別でもありませんわ。実績というのもすぐに移り変わるあやふやなものですから証明しろと言われても難しいのですが……商人は信用第一ですので、顧客のご要望には誠実に応じます」

「バイレッタ・スワンガン様といえば、帝都の中心にあるセン・パレルのオーナー様でいらっしゃる……？」

娘が思わずバイレッタがオーナーを務めている洋装店の名前を出してくれたので、大きく頷く。

「ご存じでいらっしゃるの、嬉しいわ」

毒婦やまして無意味な二つ名などではない真っ当な意見を受けて、より笑顔が輝いたのも無理のないことだろう。

「……私、あのお店のドレスが大好きで……！」

「ありがとうございます」

バイレッタからの笑みを受けて、娘は戸惑ったように頰を染めて俯(うつむ)いた。バイレッタが経営している店の客層は幅広いので、彼女が顧客であるのは十分にあり得る話だ。

「ドレスを売っている店のオーナーだと？　そんな者が私になんの用があると……」

「私、実は縫製工場の工場長も兼任しているのですが、そこで今期は防寒に優れた外套の開発をしておりまして。その素材に、ぜひともケベッツ伯爵様のご領地で栽培されている綿花を買い取らせていただきたいのです」

「うちの綿花だと？　それはありがたい話だが、それほど量は必要ないのだろう」

「今期の収穫分のすべてを買い取らせていただいても足りないくらいだと思いますわ」

「なに……っ？」

彼が想像しているのは貴族たちが身につける毛皮のコートの代わりになる外套だろう。だがバイレッタが作ろうとしているのは軍人向けの雪中行軍も可能となる外套だ。軍に卸すとなるとかなりの数になり量産するつもりなので、ケベッツ領地で採れる綿花だけでは足りないくらいなのだ。

「毛皮でもなく、羊毛でもなく、綿花だぞ。それにすでに冬になっているのに、今更外套を売りさばけるものなのか？」

綿花から作られる綿織物は下着やドレスの裏地など肌触りがいいことを理由に使われるのが一般的だ。吸水性が高く伸びにくく丈夫であるためだ。そもそも帝国は冬が長いので羊からとれる毛織物や毛皮が主流だった時代が長い。ケベッツ産の綿花が注目され始めたのも綿織物が作れるようになったからで歴史的に見ればわりと新しい。

「綿織物は汎用性も高く使い方によっては十分に防寒にも優れておりますわ。今期は量産体制が整わなかったので間に合いませんでしたが、この事業は長期的な展望を見込んでおります。そのためにも安い外来産の綿花はどうしても品質が劣ってしまうので、良質なケベッツ産の綿花で作りたいのです。こちらとしては以前の卸値の倍つけても構いません」

「――っ！　そんな大きく出て大丈夫なのか」

「もちろん、こちらも商売ですからきちんと利を見込んで、正当な値段をつけさせていただきます。それほどの価値がケベッツ産の綿花にあるというだけのことですわ」

嫣然と微笑めば、ケベッツ伯はポカンとした顔をして娘と同様に顔を俯けた。先ほどの怯えとはまた異なる様子に、手ごたえを感じる。

こういう時は押すことが大切だ。

商人は強弱をかけた戦いをするものだ。押す時には押して、引く時には引く。瀬戸際を見極める目が何より大事になる。

「後日、こちらから契約書類を持参して正式に伺わせていただきますので、ご一考いただいてその際にお返事をいただけましたら幸いです」

「そんなうまい話が……本当に、可能なのか？」

「こいつはハイレイン商会会頭の血縁者だ。領地の経営にもいろいろと手を出しているが、今のところ堅実に運営している」

義父は心底不本意だと言いたげに口添えをした。意外なところからの援護射撃に、バイレッタは驚きつつ、表面上は穏やかに頷くにとどめた。

疑っていたケベッツ伯の顔が義父に向いて、表情を和らげる。

「そ、そうか、ハイレイン商会の……領地での実績もあるのか。あ、ありがとう……さっそく帰って検討してみる」

「お父様っ」

ケベッツ伯はしどろもどろになりながら礼を述べ、娘は歓喜に打ち震えている。悲愴な顔をしていた憂いが晴れてはつらつとした様は可愛らしい。見知らぬ家に借財代わりに嫁がされることがなくなって安堵しているのだろう。

「可愛らしいお嬢様に似合うドレスも用意しておりますので、いつでもお店にいらしてくださいね」

「はいっ」

思わず声をかければ、にこりと愛らしい笑顔を向けられた。ケベッツ伯はそのまま娘と連れ立って夜会の会場を出ていった。

それを笑顔で見送っていると義父が胡乱な視線を向けてくるのに気がついた。

「本当にお前というやつは……」

「なんです、今回の目的は済みましたからいつでも帰れますわ。いつも早々に夜会から帰りたがるのですから嬉しいことでしょう。手早く商談をまとめたことを先ほどのように存分に褒めていただいても構いませんのよ」

「ふんっ、貴様の口車に乗せられた憐れな者が増えただけだろうが」

「まあ、人聞きの悪いことをおっしゃるお義父様ですこと。損はさせませんわよ」

「他人の利益などどうでもいい。そんなことより、ミレイナだけでは飽き足らずよその娘の婚期を遅らせるようなことをするんじゃない」

「はあ、そんなことをした覚えはありませんが。どういう意味です？」

「無自覚だからといって無罪にはならんぞ」

疲れると言いたげにため息をついた義父に、バイレッタは首を傾げた。

「あんな落ちぶれた家まで狙うだなんて、とんだ悪女だな」

そんな時、背後から悪意をたっぷり込めた皮肉を投げつけられた。

振り向かなくても声だけでわかる。こんなことを言ってくる人物に心当たりは数あれど、特徴的なだみ声は彼だけだ。

振り向けば想像通りの大柄な男が嘲りを込めてバイレッタを睨み付けていた。

くすんだ赤茶色の髪に三白眼の随分と人相の悪い男だ。だが、彼はこれでも同業者である。なんならバイレッタと同い年だ。日に焼けた褐色の肌は荒れていてかなり年上に見えるけれど。

「あら、セイルラオ・エルド様、良い夜ですわね」

「ふん、お前にとっては良い夜だろうさ。取り巻きが増えるんだろう。よくも次から次へと飽きもせずに男を咥え込めるもんだ」

「なんのお話をなさっているのか、少しも理解できませんわね」

困ったように微笑めば、セイルラオは鼻白んだ。

もちろんバイレッタとて作り物の表情で彼を牽制できるとも思っていないが。

彼とはスタシア高等学院で同級生だった。貴族連中が通う最高学府の学院では子爵令嬢など底辺もいいところだ。その上バイレッタは学院中の男たちを手玉にとって弄んでいると噂されるほどの悪女で有名だった。もちろん事実無根だがその噂を流した相手が旧帝国派の中でも上位に入る侯爵家の嫡男だったため、学院中の支持を集めてしまって誰にも自分の話など聞いてもらえなかったからだ。

同様に、セイルラオも男爵家の三男で、当時は小柄だったため格好のおもちゃ扱いだった。つまりいじめられっ子だったわけだ。そんな彼はいつの間にかバイレッタの叔父と出会って勝手に弟子を名乗って商人になってしまった。学院も途中で辞めてしまったのだ。

そうして数年前に夜会で再会した時には叔父の絶大なる信奉者となっており、バイレッタに敵意を抱いて一方的にライバル視してくるようになった。迷惑な話である。

ちなみに叔父は大陸全土にその名を轟かせているハイレイン商会の会頭だ。現在、全商人たちのトップに君臨していると言っても過言ではないほどの人物である。

一流の商人は見た目も大事だと言って穏やかな笑みを浮かべる叔父ではあるが、実際には物凄く腹黒い。彼を信奉するだなんてどうかしているというのが正直な感想だが、教えてあげるほどの親切をする義理もない。ちなみに、叔父からは全く相手にされていないので、彼はかなり可哀想な存在ではある。もちろん同情なんかもしないけれど。

「随分と羽振りがいいそうですわね。お噂はよく聞いておりますわ」

今回のホストであるデルフォーレ伯爵家のお抱え商人として忙しくしていると聞いていた。だからこそ商人などという立場でもこの貴族派の夜会に堂々と参加しているのだろう。

ついでに体が大きいのでとても目立っている。悪評のあるバイレッタへの視線がさらに集まったことを感じた。貴族派の中でも鍛え上げた肉体は異質だ。本来出会いの場となるはずだが、貴族のご令嬢方からも冷めた空気を感じる。あまり受け入れられていないらしい。

だが、セイルラオ自身は頓着した素振りも見せなかった。

「あんたみたいに体で誑し込めないからな。俺は頭を使うしかないんだよ」

口を曲げて小馬鹿にしたように告げるセイルラオはワイナルドに目を向けて、さらに苦々しげな表情になる。彼の頭の中では大方、スワンガン親子を唆した悪女であるような妄想が広がっているのだろうが、バイレッタにとっては至極どうでもいいことだ。

むしろ、最近の彼の商売は目覚ましい。未開の地から販路を開拓して商売をしている。南の新大陸からの綿花の輸入も彼の事業の一つだった。だからといって喧嘩をふっかけてくるようにつっかかってくる彼を尊敬できるはずもないが。

「しかしまあ、羨ましい話だな。よくもそれほど体が持つものだ。よほど具合がいいんだろう」

「羨ましいなら、どうぞ真似なさっては？」

できればだが、という意味合いを込めて流し目を送れば、義父がくだらないと言いたげに肩を竦めた。体を使って籠絡しただとか、甘い囁きだとか、やってもいないことを真似することなどできないだろう。羨ましいほどやりたいと考えているなら、本人が勝手に実行すればいいだけの話だ。

だがセイルラオは熱くなっているのか、単純な挑発と受け取ったようだった。

「誰が、毒女の真似事などっ。商売人と侮られても自尊心はある」

学院では底辺の地位にいた男だ。こうして貴族たちの夜会に参加すること自体が自分の力でのし上がった自負があるのだろう。そんな彼にしてみれば、バイレッタは他人の力でここにいる目障りな存在でしかない。憎まれていることは知っているので、できればお互いに関わりたくもないのが正直なところではある。だが彼は見かければこうして絡んでくるので、ある意味律儀な性格だった。

セイルラオが声を荒らげたせいで、周囲のひそひそ声がさらに大きくなった。

「場所柄を弁えて言葉は選ぶべきですわ」

ただでさえ、彼は守銭奴だの粗野だのと陰口を叩かれているのだ。見た目も合わさって手段を選ばない商人として侮蔑と嘲笑の的にもされている。

そんな男が貴族派の夜会でバイレッタに絡めば、それだけざわめきが大きくなるのも頷ける。悪女と悪辣な商人との確執――などというゴシップを提供して、わざわざ娯楽に飢えた貴族連中を喜ばせる必要などないというのに。

「私が何を言ったところで、どうせ貴方の耳には入らないでしょうけれど。私と一緒にいないほうが賢明ですわよ」

「勘違いするな、俺はお前の取り巻きになりたいわけじゃない」

「そういう意味ではありませんよ。ほら、やっぱり私の話など聞いていないのではないですか」

「なんだと、本当に腹の立つ女だなっ」

激高したセイルラオが突然、バイレッタの肩に摑(つか)みかからんと手を伸ばしてきた。まさか夜会で暴力を振るわれるとは思わず、とっさに一歩後ろに身を引いた。

周囲のざわめきが一際大きくなった時、がしりとセイルラオの太い手首を摑む者が現れた。

「大丈夫ですか、バイレッタ」

背後から穏やかに声をかけられて、バイレッタは勢いよく振り返った。出かける前に見た冷ややかな凜(りん)とした美貌は変わらない。艶やかな灰色の髪も、整った顔立ちも。だというのに、毅然(きぜん)とした態度でセイルラオの腕を摑んでいるアナルドは、見惚(みと)れるほどに麗しい。

異質な空気を纏っているくせに、その場の誰よりも高貴に思えるのも不思議だ。現に遠巻きに眺めているご婦人や令嬢が色めき立つのがわかる。蔑む視線に混じる熱いまなざしは先ほどまでは少しも感じられなかったものだ。

背中にそっと触れた彼の手は支えるように添えられている。それだけで、なぜか慰められたような気がした。

「なぜ、こちらに？」

「少々気になることがありまして追いかけてきたのですが、まさかこんなところで暴漢に出くわすとは思いもしませんでしたね」

アナルドは思案げに告げて、冷えた一瞥をセイルラオに投げかける。

「どういうつもりで妻に危害を？」

「そっちが先に侮辱してきたんだ！　いい加減、摑んでいる手を放せよ。貴族派の夜会に堂々と軍服着てくるような頭のイカれたやつには理解できないか？」

「そやつの言う通り、お前はなんて格好でやってくるんだ」

アナルドの手を振り払ってセイルラオが吐き捨てた。義父が心底呆れたように告げたことで、バイレッタもはっとする。

貴族派の夜会に軍服で参加するだなんて喧嘩を売るような行為である。だというのに、彼の格好に意識が向かなかったことに恥ずかしくなった。どれほどアナルドの存在に意識を集中していたのだろう。

周囲のざわめきもいくつかは軍服だなんて非常識なとか、軍人がこんなところでいったい何をなどと言われているのが聞こえる。挙げ句の果てには悪女が手下を侍らせているぞ、なんて声も聞こえてくれば、さすがのバイレッタも軽い眩暈を覚えた。

状況が悪化している。

貴族派の夜会に興味のない夫は一度としてバイレッタと同伴でやってきたことはない。軍人と貴族派の接点はほとんどないので噂に名高い美貌の中佐の姿を一目見られたと黄色い声も混ざっているが一団と騒ぎが大きくなったのは確かだ。招待されていない軍人が勝手に乗り込んできたのだから。

そもそも彼は帰ってきた時の姿のままだ。多少身ぎれいにしているところを見れば、こちらに来る前にドノバンとミレイナが引き留めて最低限身なりを整えさせたであろうことは簡単に想像できた。

帰ったら二人を労おうと心に決める。

けれどアナルドは心労をかけているとは全く考えていないのだろう。

「妻が謂れなき中傷を受けていないか心配だったので、着替える時間も惜しかったのですが。どうやら駆けつけて正解だったようですね」

エメラルドグリーンの瞳を向けて微笑まれれば、バイレッタはそれ以上何も言えなくなった。

冷徹で冷酷。

噂通りの冷ややかな夫は常に無表情で感情を容易に表に出すことはなかった。だというのに、この変わりようはなんだ。

氷の中佐の異名はどこかへ行ってしまったらしい。

バイレッタは気恥ずかしくなる。

悪意のない純粋な恋情の瞳など向けられたことなどない。恋愛経験など乏しくどちらかといえば異性は苦手だ。敵意には負けず嫌いに火がついて反抗心が湧き上がるが、愛しげに見つめられれば、どう返せばいいかわからない。

自分でも可愛げのない姿だと思うのに、夫のまなざしが揺らがないのも困惑する一因だ。俯いたバイレッタの心中を夫がすっかり察しているのが伝わるのだから、余計に腹立たしい。

別にアナルドがいなくても自分だけでも十分に対処できた。実際、貴族派の夜会に夫と一緒に参加したことなどないのだから。けれど、バイレッタが牽制する前に夫はさっさとセイルラオに顔を向ける。

「それで、俺の妻がなんだというのです？」

「ふん、今の栄華を楽しんでおけばいいだろう。軍人の夫に取り入ったところで、所詮は潰れる運命だ」

「どういうことかしら」

聞き捨てならない台詞(せりふ)に、顔を上げたバイレッタの柳眉が自然と上がる。

「近日中に、スワンガン伯爵家は領地没収の上、爵位をはく奪されるんだろう？ せいぜい泥船が沈む前に足掻(あが)くがいいさ」

思いもよらない言葉に、知らず息を呑(の)んだのだった。

「お義父様、ご説明いただいてもよろしいですか」

夜会の帰りに三人で馬車に乗り込んで早々、バイレッタは向かいに座るワイナルドを睨み付けた。馬車の中は真冬なので寒い。外套をしっかりと着込んでいる義父は腕を組んでふんぞり返っている。

「知らん。あの場でだって、噂程度だっただろう。あの若造がはっきり告げた以外は誰も詳細がわからなかったじゃないか。儂が知るわけがない」

きっぱりと言い切る態度には少しも揺らぎがない。もう少し動揺してもよいのではないだろうか。確かに、あの後夜会でそれとなく他の貴族たちに水を向けても皆、一様に口ごもった。芳しい情報は得られなかったのは事実だ。

「クーデター騒ぎの影響とは考えられませんか」

ちらりと横に座るアナルドを窺えば、彼は何かを考えているようだ。

先のクーデターの首謀者はアナルドであると実しやかに囁かれていた。実際は軍人派と対立していた貴族派の策略で夫が首謀者のように仕立てられていただけだ。処断は済んでいるが、貴族派の夜会だったのでその時の悪評が残っているのかもしれない。

「あれは片づいたことだろう。今更爵位をはく奪されるような噂が立つとは思えないが」

義父が断じれば、当事者のアナルドも何も言わない。つまり、クーデターは関係ないというのは間違いがないのだろう。

「ですが、領主たるお義父様がご存じないなんてことがありますか。他に考えられるようなことがないのでしょう？」

「実際にわからないのだから、仕方がない。心当たりもない。大方、やっかみで噂を流されたんだろう」

「やっかみ程度のものならいいのですが、それにしても爵位はく奪だなんてとんでもないですよ。何かやらかしたとしか、考えられません。本当に何も思い当たらないのですか」

「くどい」

きっぱりと言い切って、義父は渋面を作る。

取り付く島もない。バイレッタは静かに座っているアナルドに視線を向けた。決して仲のいい親子とは言えないが、それでも実の息子であるのだから何か意見はないのだろうか。

思わず縋るような視線を向けてしまう。ひどく思案げな様子であった夫は、妻の視線に気づくと、重々しく口を開いた。

「家を出る前から気になっていたのですが、父と貴女の外套は同じ仕立てですね」

「は？」

今までの義父との会話をまるで聞いていなかったのか。いや、それより家を出る前から気になっていたとはどういうことだ。確かに彼は気になることがあって夜会にやってきたとは話していたが。

何を言われたのかわからず戸惑っていると、アナルドは静かに続けた。

「今年の冬はとても寒く新しい外套を仕立てたと手紙に書いてくれていたでしょう。確かに南西部から戻ったばかりというのもありますが、例年よりも寒い気がしますから納得はしましたが、なぜ父と俺の妻の外套の仕立てが同じものなのですか。夜会でも見回しましたが、同じような仕立ての外套を着ている者はいませんでした」

「これは私の縫製工場の新作の外套ですが、試作品なので他には出回っていません」

「試作品ですか」

「防寒に重きをおいた外套を開発しましたの。大量生産に向けて今、試行錯誤しておりましてその紳士用をお義父様に着ていただいております。私が着ているのは婦人用です。もともとは軍へ卸すためのものですが、夜会用の華やかなデザインが一つしかありませんから同じ仕立てになってしまうのですわ」

「では俺の分もありますか？」

「本来の用途は軍の外套で、これは気まぐれで作ったものですから、これ以外にはありませんわ。軍からも納品をせっつかれておりますけれど、まだ生産のめどはついていませんの——というか、今外套などどうでもいいのです。そうではなくて、爵位と領地の話ですよ。スワンガン伯爵家は旧帝国貴族の由緒ある血筋でしょうに」

勢いこんでまくしたてれば、アナルドは複雑そうな表情を崩さずに、首を傾げた。

「貴女が我が家の家格に関心があるとは知りませんでした」

「関心があるとかないとかではなく、なぜそんな話になったのかが大事なのではありませんか！　突然、家を潰されるだなんて恐ろしくはないのですか」

「それは父の領分ですし、俺にはあまり影響はありませんね」

でしょうね、貴方は軍人ですからね！

軍人は基本的には実力主義だ。家名をあまり重視しない。現に現在の軍人のトップは貴族出身者が少なく、旧帝国貴族の血筋の者など皆無に等しい。そのため軍人派と貴族派などという対立が成り立っているのだから。

だからといって、家門の一大事ではないのか。

どうしてこの親子は揃いも揃って呑気なのだろう。

慌てている自分がまるで馬鹿みたいではないか。

憤るバイレッタに対して、義父はそれ以上口を利くこともなく、夫は関係のないことで憮然としている。

結局、現状慌てたところでどうにもならないと判断した義父は帰宅早々部屋に引っ込んだ。夫も帰還したばかりで荷物を碌に片づけずに夜会に来たらしく彼の部屋へと向かってしまった。バイレッタも夜会の派手な格好のままでいるわけにもいかず、メイドを伴って湯あみを済ませる。

それでも少しも落ち着くことができずに夫婦の寝室へと向かうと、すでにアナルドは部屋にいて、寝支度を済ませていた。

「やっぱり納得いきませんわ！」

夫の顔を見たら、怒りが再燃した。

どうしてこの親子は、頓着しないのか。

かなりの危機なのではないのか。当主をはじめ、一族が一丸となって手を打つべき案件だろうに。

「外套の話ですね。俺も全く納得がいきません」

「全く違いますよ。もちろん領地没収の話です」

アナルドが確信を持って問うてきたので、バイレッタは力強く首を横に振った。それ以外の何があるというのだ。

「ああ、領地ですか。それは全く困ったことですね」

「ですよね、困ったことなんですよ」

ようやく真剣に取り合ってもらえると声を弾ませると、被せるようにアナルドは告げる。

「髪が濡れていますよ。今年の冬はとりわけ寒いのでしょう。よそ事に気を取られていると風邪をひいてしまう」

彼の興味はバイレッタの髪が濡れていることで、領地の話ではないらしい。

暖炉の前のソファに座らせると隣室に置いてある乾いた布を持ってきて、後ろから優しくバイレッタの髪から雫をとっていく。

淡々と一定のリズムで繰り返される行為に、少しだけ気持ちが落ち着いた。むしろ削がれたといってもいい。視界の端にちらちらと映る彼の手は男性のものにしては妙に艶めかしい。見惚れるほどの長い指が布越しにバイレッタのストロベリーブロンドの髪を攫う。作り物めいた美しさがあるのに、この手が自分の肌をなぞって容易く翻弄するのかと思うと落ち着かない。

暖炉の薪の爆ぜる音だけがこだまする静かな部屋にいたたまれなくなって、つい憎まれ口を叩いてしまった。

「こ、このようなことをなさらなくても。子供ではないのですから、自分でできます」

「子供扱いなどしていませんよ。妻の世話を焼くのも夫の特権でしょう。それに貴女の綺麗な髪を間近で触れられる貴重な機会ですからね」

ありがとうと礼を言えばよいのか、馬鹿にするなと怒ればいいのか。

だが存外、楽しそうな声で返されそれ以上反論もできず、バイレッタはただ揺れる暖炉の火を見つめるだけだ。

まったりとした夫婦の時間に安定感と絶妙な甘やかさが混ざった空気が漂う。あまりに居心地が悪くて、慌てて口を開く。

「こういった噂をたてられるのはよくあることではないでしょう？　スワンガン伯爵家の歴史と規模を考えれば、十分に脅威ですわ。ただ事ではありませんよ」

「そうですね、全くないわけではありませんが、何かが起きているのは確かなようです。ただそれは父の仕事でしょう。貴女がそれほど気に病むことではありません」

嫁いできた身である自分は部外者ということだろうか。

それはそれでなんだか悔しい気がする。散々、領地経営にまで義父にこき使われてきた過去があるのだから。

いや、そもそも義父は領地に困ったことがあるとバイレッタに丸投げしてくるので、先に手を打っておきたいと思うことは間違いではないはずだ。だからこそこうして焦っているのだが、アナルドは少しも意に介した様子がない。

「それより、貴女には大切な仕事がありますよね」

「仕事、ですか？」

この状況で、バイレッタができる大切な仕事とはなんだろうか。

何も思いつかなくて首を傾げれば、アナルドは存外甘い声で囁いた。

「ようやく帰ってこられた夫に構われてください」

彼が戦地に赴いたのは二ヶ月間ほどだ。以前は八年放置していた上に、帰ってきた途端におかしな賭けを持ち出した夫だ。

思わず警戒するけれど、髪から雫をぬぐう手は優しく丁寧だ。決して拘束されているわけではないのにバイレッタは動けなくなった。

それとも何かを試されているのだろうか。逃げるのもよし、このまま受け入れるのもよし。その選択を自分に委ねているかのようだ。

だからといって状況に流されるわけにもいかない。爵位はく奪など家門断絶ものだろうに。

「旦那様、少しは真面目に聞いてください」

「貴女に直接、旦那様と呼びかけられると嬉しいものですね。いつも手紙には書いていただいていますが」

「もう、そういう類の話ではないと――」

勢いよく振り返ったバイレッタは思わず言葉を止めた。彼の手から自分の髪を取り戻したはずなのに安堵は少しも得られなかった。

アナルドのエメラルドグリーンの瞳と視線が絡まった。愛情の籠もった瞳はどこまでも優しく、暖炉の炎を受けて金色に煌めく。

彼の吐く息すら甘い。

なんて恋情の籠もった瞳で自分を見るのだ。そんな瞳をずっと向けられていたのだと知って、胸が疼いた。

こんな視線に慣れていないバイレッタは盛大に赤面した。夫はそんな妻の様子に、くすりと小さく笑う。

「それで、俺の可愛い妻の機嫌はいつ直るのですか」

「怒らせている張本人に聞いてください」

「なるほど。わかりました」

アナルドが納得したように頷いたので、バイレッタは嫌な予感がした。

夫が決して物分かりのいい性格ではないことを知っているからだ。

「基本的には領主である父の仕事に干渉しません。父が軍人である俺に何も命じないのと同じことですね。ですが、それだと貴女の気が治まらないということでしょう」

「そもそも放置していい噂ではないと考えるだけです」

「ですから俺の信念を曲げてまで関わらせたいというのなら、一つ賭けをしましょう」

「また賭けですか？」

信念などとは大きく出たな、と驚きつつ一方で呆れる。

本当にアナルドは賭けが好きだ。特にギャンブル好きという性格ではないのに、不思議なことだと思う。上司が悪魔で賭け事好きだからだろうか。

そもそも信念を曲げるなどと大層なことを言っているが、単に彼は興味がないだけなのだろうとはわかっている。

「俺なりに妻に構ってほしいので考えました。そうでないと貴女は俺と遊んでくれないでしょうから」

「以前の賭けは遊びで片づけられるものではありませんでしたが！」

離婚を賭けて一ヶ月の間に子供ができるかどうかだなんて、遊びとは言わせない。

「はい、ですから反省しました、賭けの内容は簡単なもので重くないものです。今回は純粋に勝ったほうが負けたほうの言うことを一つ聞くというのでいかがでしょうか」

その話でいくと、バイレッタが賭けに勝てばアナルドは領地没収の話を重く受け止め、調べてくれるということだろうか。軍人の中でもそれなりの地位にいる彼が動くのであれば、多方面からの情報が集まると思われた。

しかし。彼からの要求はなんだろう。

この件に関して手を引いてほしいということだろうか。

バイレッタは思案げに瞬いて、それから了承の意を伝える。

「では、今夜先に寝たほうが勝ち、ということでいかがでしょうか」

「先に寝たら、ですか？」

「もちろん。簡単でしょう？」

アナルドは衒(てら)いもなく頷いた。簡単に自分が勝てる賭けのような気がする。なぜなら、バイレッタは寝つきがよくて寝台に入ればすぐに眠れるからだ。

妻に花を持たせて勝たせてくれるということだろうか。そうであるなら、こんなややこしい賭けを申し出ないで、さっさと情報を集めてくれればいいのに。

狡猾(こうかつ)な夫の考えることはよくわからない。遊びと言うくらいなのだから、単純に些細なやりとりをしたいだけだろうか。

だがその行為にどんなメリットが夫にあるというのか。

「わかりましたわ」

勝利を確信して自然と口角が上がるのを必死で抑えて、なるべく平静を装って答える。アナルドは気にした様子もなく髪を拭いていた布を片づけて戻ってくると、今度はバイレッタの正面に回った。

「ではいったん、領地の話はおしまいにしましょう。戦地から戻ってきたばかりの夫を労わってくださいますよね？」

急な話題転換に頭がついていかない。

夫が求めていることが何かよくわからない。

首を傾げれば、アナルドはひょいっとバイレッタを抱き上げた。

「きゃあっ」

「俺の腕の中で、可愛く啼く妻を堪能させてください」

決して可愛くありませんから、という文句は口づけに溶けて消えてしまった。

はむっと食われて、そのままちゅっと音を立てて離れる。

「まだ、朝までは時間があるでしょう？」

「夜は寝るための時間です」

「ええ、一緒に寝ましょうか」

アナルドが別の意図を含んでいるのはわかりきっている。

彼の不埒な手はバイレッタを抱えていても、熱を持っていてどこか淫靡だ。

「本当に寝るんですよね？」

「ええ、寝ましょう」

堂々巡りだ。

どう問えば、バイレッタが欲しい答えに辿り着くのか、どうしてもわからなかった。

「帝都には今日戻られたばかりで、お疲れでしょう。ゆっくり休まれたほうがよろしいわ」

だから素直に寝てくれと願いを込めれば、夫はしれっと答える。

「そうですね。妻が癒やしてくれるそうですから」

「そんなことは一言も言っておりませんが」

「ふふ、困っていますね」

「聞かないでいただけるとありがたいですね」

寝台の上へと運ばれながら、そっぽを向けば、ふっとアナルドが忍び笑う気配が伝わってきた。

久しぶりの夫婦の夜に、なぜか体が固まる。別に初めてというわけでもないのに、羞恥を感じるのはなぜなのかわからず混乱している。それを見透かすかのような余裕が夫にあるのがどうしても腹立たしい。

年上の夫は恋愛未経験の自分とは違って手慣れているから。バイレッタはいつも翻弄されるだけなのが悔しいのだ。

「そういえば、夜会で会っていた男ですが」

「エルド様ですか？」

「どのようなお知り合いですか」

「学院の同級生で、今は商人をされていらっしゃいます」

「なるほど。それで……」

「何かありましたか？」

アナルドが考え込むように瞳を伏せたので、バイレッタは彼の腕の中で思わず問いかけた。

そっと寝台に下ろされて、沈み込む感覚を楽しむ間もなくすぐにアナルドが覆いかぶさって口づけを降らせた。

「俺が勝てば浮気しないようにと願うしかないのですかね」

何を懸念しているのかはよくわからないが、セイルラオとどうこうなることは決してないだろう。だというのに浮気を疑われているとはどういうことだろうか。

「浮気だなんてずいぶんと人を馬鹿にした言いぐさですわね。ちなみに、貴方のおっしゃる浮気の範疇はどこまででしょうか」

散々男と遊んでいると噂されているバイレッタではあるけれど、一度としてそんなことをした覚えはない。だが、夫に確認してみれば随分と大仰な答えが返ってきた。

「よその男と話すこと……いや、よその男を見ることですかね？」

「生活できなくなりますけれど⁉」

男性を見るだけで浮気だと言われてしまえば、なんにもできないではないか。

半ば呆れつつ答えれば、アナルドは声を上げて笑った。

「それも魅力的ですが、今回は違いますよ。俺の願いはもっと別のことですからね」

今回は？

よその男を見ないということより他の願いってなんだ。一体何を望まれているのかさっぱりわからないけれど、厄介なことのような気がする。これはなんとしてでも賭けに勝たなければ。とにかく夫より先に寝ればいい。寝るだけだ。

憮然とした顔のまま、バイレッタは夫の優しい口づけを受ける。

寝ようと意識を向けるのに、啄むように受ける刺激が邪魔をする。

「口づけが好きですか？」

蕩けそうになる頭を振って、彼の質問を反芻する。

「……好きじゃないです」

特に今は寝るのだから、邪魔にしかならない。

だというのに、アナルドが愛おしげに微笑むから始末が悪い。

「ふふ、素直ですね」

「全くもって同意しかねます」

可愛くないことしか言っていないのに、彼の耳にはどういうふうに聞こえているのかと心底不思議になる。

自分がひねくれている自覚があるので、楽しげな夫の様子は奇異に映る。

「じゃあ、俺に触れられるのは好きですか」

「やあっ、好きじゃないです……っ」

ついと手を動かしたアナルドがバイレッタの肌の上を撫でる。それだけで、十分に心許(こころもと)ない心地がした。

「なん……で、確認する……のですっ」

「貴女があまりに可愛くて、触れていると思わず夢中になって言葉を忘れてしまいますから。妻の希望を聞いてもっと悦(よろこ)ばせたいだけです」

希望なんて最初から、眠りたいだけ！

文句は夫がもたらす熱い刺激に溶けて、愉悦の波に攫われてしまう。

だがバイレッタの肌の上に口づけを降らせていたアナルドは、ふと顔を上げた。

「緊張しています？」

「……っ」

彼が触れるたびに、びくびくと跳ねる体からこわばりを感じたのだろう。だが夫は、くすりと笑むだけだ。

「久しぶりだからですか。けれど俺の妻は頭がいいので、すぐに思い出すでしょう。ほら、上手に啼いて応じてくれる」

そんなことを言われれば、意地でも声を押し殺したくなる。負けず嫌いのバイレッタに、アナルドの笑みは深まるだけだ。

「飲み込みも早いですからね、大丈夫でしょう。貴女はこうして優しく嬲られるのが好きでしょう」

暴かれて、ただひたすらに翻弄される。それが恥ずかしくて悔しいだなんて絶対に告げるものか。

嚙み締めた唇に、そっと指をあてがわれそのままゆっくりと沿わされる。

睨み付ければアナルドの唇が触れて舌で舐められた。

「嚙みついてもいいですよ。貴女が与えてくれるものなら、痛みですら甘やかな刺激に変わる。嬉しいものですからね」

変態だと叫ばなかった自分を褒めてやりたい。

熱に浮かされ、ゆっくりとバイレッタの思考は甘く乱れていくのだった。

「嵌められたのよ……っ」

ばんと書類の束を執務机に叩き付けて、バイレッタは怒りに打ち震えた。

職場である縫製工場の工場長室の机は立派な一枚板を使っている。お気に入りの一品ではあるが、叩き付ければ頑丈さが売りの机は立派に性能を発揮した。

つまり、手が痺れた。

痛みに打ち震えていると、傍で一日のスケジュールを確認していた秘書のドレクが怪訝そうに瞬きを繰り返した。

やや広めの工場長室には二人きりで、仕事の時間とはいえ思わず愚痴をこぼしてしまう。

休日明けの始業開始直後。工場は五日稼働して、二日を休みにしている。その二日の間に機械のメンテナンスなどを行うので人はいるがバイレッタの姿は工場にはない。

このサイクルが馴染んでいるので、いつもならば仕事を前に気合を入れるところなのだが、一日の始まりにしてはなんとも気分が悪い。

それもこれもどれも、自分勝手な夫のせいだ。

「いえ、単なる惚気なのかと思いましたが……」

「ちゃんと聞いていた？」

気色ばむバイレッタに、ドレクは苦笑した。

「ご夫君が戦地からご無事に戻られて何よりではないですか。相変わらず、上手な旦那様ですが」

「狡猾なのよ、ずる賢くって！」

さすが『戦場の灰色狐』と呼ばれるわけだ。いや、そんなところで発揮することはないと思う。その優秀な頭脳も、華麗な軍歴も、仕事で使っていればいいのだ。

なぜ、妻を相手にそんなことをする必要があるのか！

義父と夜会に出て、アナルドとともに帰ってきたのは三日前の晩だ。

彼はその夜にいいようにバイレッタを組み敷いて、好き勝手に夜を楽しんだ。翻弄されて、疲労困憊。だというのに、彼は熱を与えるだけ与えて、自分はさっさと寝てしまったのだ。

おかげでバイレッタは悶々とした夜を過ごした。

あんな経験初めてだ。どうすれば熱が収まるのかもわからない。

結局、寝付いたのはしばらく経ってからで、起きるのも遅くなった。

次の日にアナルドが昨夜の賭けの勝者を聞いてきたので、平手打ちを食らわせないようにするのが精一杯だった。今、思い返しても悔しいやら恥ずかしいやら何やらで体が熱くなるほどだ。

そこでようやくバイレッタは謀られたのだと知った。

面倒くさがり屋の夫は家門に関わる気はさらさらないのだ。義父がはっきりと明言はしていないが、一応は嫡男だろうに。だがバイレッタにそれを説明したところで受け入れられないと踏んで、矛先を変えるために賭けだなどと申し出たことになる。

うかうかとそれに乗ってしまって、あまつさえ、それが夫の回りくどい優しさだなんて思ってしまった自分はなんと愚かなことだろう。

その上、アナルドが敗者は勝者の願い事を一つ聞くのでしたねと再度確認してきた。怒り気味に願いは何かと問えば、夫は帝国歌劇を一緒に観に行こうと誘ってきたのだ。

わざわざ賭けを申し出てまで願うことが、それ？

確かに誘われても十回に九回ほどは断るかもしれない。多忙なバイレッタは夫が戦地から戻ってきたとしても碌に相手をする時間もないほどなのだから。

けれど、妻に散々恥ずかしい思いをさせて、爵位はく奪問題の解決と天秤にかけてまでの願いが帝国歌劇を観るってどういうことだ。

そんなに観たいものでもあるのか。

夫の考えることはやはりさっぱりわからない。

わからないながらも、腹立たしいことには違いない。

そもそも、だ。愛があるなら、妻の望みを叶えてくれてもよいのではないのか。それほど大層な望みを述べているわけではない。機嫌を損ねることがわかっていながら、嫌がることはすべきではないのでは？

バイレッタは羞恥に駆られた怒りに震えながら、疑問に思う。

恋情を伴う愛され方がわからない。そもそも自分には縁遠い話だった。だからこそ、帝国歌劇の演目のような恋人たちを思い描いてしまう。けれど、アナルドの態度は明らかにかけ離れている。愛している相手に賭けを申し出てあっさり打ち負かしたら観劇の誘いだと？

そんな複雑な内容の歌劇など見たこともない。恋愛初心者の自分には上級向けすぎるのではないだろうか。

沸々と湧き上がる怒気とともに拳を握れば、淡々と告げられる。

「だから、惚気ですよね？」

長年仕事の良き相棒であり、兄弟子でもあるドレクの態度は無情だ。

「どこがよ。違うって言ってるじゃない！」

「夜にベッドで仲良くしてデートに誘われた話ってことじゃないですか。まごうことなき惚気ですよ。旦那様と仲良くなさっているようで、よろしいことですね」

「全く、仲良くないし、デートでもない！」

デートだなんて甘い雰囲気はこれっぽっちも感じられない。どちらかといえば、困ったように誘われたのだ。なぜそんな渋々誘われなければならないのか、理解できない。

「相変わらずひねくれてますねぇ。それにしても爵位はく奪とはまた物騒な話が出たものですね。以前のクーデターの際にも疑われておりましたが、スワンガン伯爵家はよく騒がれるのですか」

「前の時はアナルド様がクーデターの首謀者とみなされていたから全くの眉唾物の話だと一蹴できたけれど、今回は誰も心当たりがないところが不気味なのよ。何か聞いている？」

「特に帝都の噂になっているようなことはなかったと思いますが、一度調べてみますか」

「ええ、お願いするわ。何かわかればすぐに知らせてちょうだい。一応、お義父様にも動いてもらっているのだけれど、なんだか腰が重いのよね」

「かしこまりました。しかし、名家に嫁ぐというのも大変ですね。一刻も早く憂いなく旦那様と仲良くできることを願っていますよ」

「違うわよ。何を考えているのかだいたいはわかるけれど、夫ともっと仲良くなりたいから頑張っているわけではないのよ。ただ純粋に、そんな噂を立てられる理由が知りたいだけなの。夫との仲がどうなろうと、私は一向に構わないわっ」

「そういうことにしておくんですよね、わかりました。では、こちらも仕事をしましょう。そうでなくても今日は厄介な来客があるんですから」

パンパンと乾いた手を打つドレクを、バイレッタは恨みがましい瞳で見つめることをやめられなかった。

「なんです、その目は」

「ドレクが冷たい」

バイレッタを幼い頃から知っていて、叔父の一番弟子でもある。そんな彼にはつい気やすい口調で話してしまう。昔は頼りになる兄という感じだった。実際に、今も彼はバイレッタの秘書という立場ではあるが、兄らしい気遣いを隠そうとはしない。バイレッタに実兄はいるが彼とはほぼ接点はなく、圧倒的にドレクと過ごす時間のほうが長いのだが、こんなに意地悪だということは最近知ったことだった。アナルドが戦地から戻ってきてバイレッタが振り回されているのを知っているくせに、なぜか夫の肩を持つのだ。

「馬鹿だなあ、これも愛だよ。妹弟子を温かく見守っているんだ」

仕事の時は上司と部下でバイレッタに対して敬語を使って弁えた態度をとってはいるが、ふとした時には昔のように兄弟子らしい口調になる。

それがたまらなく安心するのだけれど、だからといって今は流されたりはしないのだ。

「じゃあ、仲が良くないって信じてくれるでしょう？」

「お前の恋愛の行く末を見守ってるつもりなんだけど。どう考えても最初っから全部、惚気だしな。仲が良くて何よりじゃないか」

「一緒じゃないの！」

「往生際の悪いことはやめて、受け入れて認めればいいのに。とりあえず、仕事だ。

綿花の件はどうなりましたか」

一日のスケジュールを確認している時に、夜会に出た際の綿花買取の話になった。それが、いつの間にか話がそれてアナルドに騙されたという話になったのだ。最初に戻って何よりだが、バイレッタの疲労がひどい。

軽く頭を振って、夜会での状況を話す。

「ケベッツ伯爵にうまく話はとりつけたわ。それで、契約書を持ってお伺いする予定だから、手配をお願いね」

「かしこまりました。どれくらい残っていそうでしたか」

「そうね、今期の収穫分はすべて手元にあるという感じかしら」

「こちらとしてはありがたいですが、商品がそっくりそのまま残っているとなると、あちらは気が気じゃないでしょうね」

「相当、お疲れのようだったわね。心労なのか顔色も随分悪かったし」

今年は冬用の外套を大量生産するつもりで春から動いていたのだが、なかなか思うような製品は出来上がらなかった。そもそも帝国にある気象台が今年の冬は寒くなると予想していた時から、この外套の計画はあった。

寒さに強く、従来のものよりも暖かく。その上、軽量で、なおかつ撥水にも優れている。そんなものを作れるのかとバイレッタの考えを聞いたドレクですら不思議そうにしていたのだ。そのための繊維にしみ込ませる薬液を提示して、実際に製品を作ってみせたところまではよかった。

けれど、試作品一号はあっさりと試作品十五号にまで増えた。ちなみに先日の夜会に着た外套が試作品の十三号だ。軍に支給する前に、勢い余って夜会用の外套に仕立て直した。行き詰まっていたともいう。それを義父に渡したのは特に意味はない。伯爵家に持って帰って眺めていたところに義父が通りかかり、いつの間にか彼の手に渡っていたというだけだ。アナルドは何か引っかかっていたようだけれど。

バイレッタにしてみれば、問題はそこではない。

最初に綿花から取り出した繊維に苦労して、その後は定着させる薬液に施行錯誤した。布の織り方にも苦労して、外套の内張りと外張りの組み合わせも何十通りも試した。しっくりいく形がなんとか見えてきた頃に、材料でまた行き詰まった。

そのための綿花は薬液との相性がいいケベッツ産の綿花でなければならない。安い綿花は脆く、薬液に耐え切れずにすぐに繊維がボロボロになってしまうのだ。

「後は寒さに強い繊維にするための定着液のほうよね」

「大量に作り出すためには、どうしても材料が足りません」

「研究班の報告はどうなっているの」

作業を効率的に進めるために、バイレッタが経営している工場に製作班と交渉班、試作班と研究班というチームに分かれている。製作班はその名の通り製品をひたすらに作る。交渉班は各地の布地を買い集めることを主にしているが、売りつけにいくのも仕事だ。売買に関わる交渉を一手に引き受ける。試作班はバイレッタが考える製品を作り上げるチームで、研究班は布地に使われる繊維を研究してくれる。より機能的で新素材となる繊維はそれなりの知識が必要になるため、少数ではあるが精鋭揃いだ。

「ここから北に生育しているガイシヤという植物からとれる汁を使えば増粘性が増すので量産にこぎつけられるのではないかとのことでしたが、なぜか手に入らなくなりました」

「どういうこと？　帝都よりも北にこの時期に向かうのは危険だから流通が止まっているのかしら」

帝国の冬は厳しいというのに、さらに北上しなければならないとなると、雪で道が閉ざされているのかもしれない。しかも今冬は過去に例を見ないほど寒さが厳しいのだ。

主要な街道は雪で埋まらないように配慮されているが、あまりに北上するとそれもままならないのかもしれない。

「そうだと思うのですが、確認中です」

「よろしくお願いするわね」

「かしこまりました。引き続き、軍からは再三連絡が来ています。どうしても今冬に間に合わせたいようで。冬山にでも行軍に行くのですかね。とにかく試作品でもいいから寄こせと凄い剣幕で」

「渡せる試作品なんてせいぜい三着でしょう。将校クラスにも出回らないのだから、後で文句をつけてくるのは目に見えているわね」

「そうですね。こちらとしても急ぎたいのはやまやまなのですが、この話はいったん保留にしましょうか」

どれだけ要求されたところで対応ができないものは仕方がない。

焦ったところで、良い結果に結びつくとも思えないのだから。

しかし、軍がそれほど急ぐような何が冬山にあるというのだろうか。

「そうね。そういえば、先日購入した布地のことだけれど——」

ふとした疑問は、すぐに雑多な思考へと移り変わるのだった。

「毒婦の上に、随分とご立派な武勇伝があるようだな？」

午後一番に工場長室へと面会にやってきた男は、挨拶もすっとばして居丈高に言い放った。

エミリオ・グラアッチェ。グラアッチェ侯爵家の嫡男で、立法府議会議長補佐官という肩書を持つ。バイレッタとは同い年で尚且つスタシア高等学院の同級生だった。白に近い白金の長髪を後ろで一つに束ね、鋭いアイスブルーの瞳を持つ美形だ。

侯爵家の嫡男様は、元子爵令嬢なんて下層の生き物であるかのように振る舞う。実際に、貴族社会は絶対的な身分制度のもとに構成されているので、高位貴族の態度など横柄なのが当然ではあるが。

無視をしてくれればいいのになぜかエミリオは時折、バイレッタが経営する工場を訪れてはいろいろと忠告してくる。彼にしてみれば貴族らしく持たざる者への崇高な義務なのかもしれないが、バイレッタにとっては有り難迷惑というか、一種の天災のようなものだ。いや、この場合は人災だろうか。

ちなみに、高等学院時代には散々人を貶める噂を流し、ついでに社交界でも悪女やら毒婦やらと広めてくださった立役者でもある。帝国一の高等学院をたかだか軍人派の子爵の娘が入ってしまったことが気に入らなかったからだとは思うが、やり口が陰湿だ。その上、学院を卒業して随分経つというのに、嫌がらせが続いている時点でしつこい。けれど陰険で陰湿なイメージは変わらないのだが、最近の彼の行動には不可解な点が多いのも事実ではある。先のクーデターでは嘘ではあるもののアナルドが首謀者であるとバイレッタに忠告し、その後も命を助けるために誘拐という形で逃がそうとしてくれた。結局は彼が首謀者のうちの一人ではあったので裁判で裁かれている。

噂をばらまく張本人に囃し立てられても、理不尽としか思えない。

そもそも本物の毒婦はバイレッタ以外にいた。社交界に長く女王のごとく君臨していた女性だ。先のクーデター騒ぎで蟄居を命じられ、ほとんど社交界に姿を現すことはなくなったが。

「ごきげんよう、グラアッチェ様。本日のご用件をお伺いしてもよろしいですか」

「だから、武勇伝をぜひとも聞かせてもらいたい。先日開かれたデルフォーレ伯爵の夜会でも随分な姿を見せつけたとか。頭の固い貴族派の連中の前で、軍人の夫と一緒にドレスコードを無視してやりたい放題だったと物凄い噂になっていたぞ。さすがは『閃光の徒花』だと素早さと攻撃力は軍人にひけをとらないと――」

「――してませんっ!!」

バイレッタは食い気味に、エミリオを怒鳴りつけた。

「久しぶりの再会だからと軍服姿の非常識な姿でやってきて、脇目も振らずに貴族派連中を威嚇するだけ威嚇して、颯爽と夜会を後にしたと聞いたが。毒婦の上に気に入らなければ切りつける物騒な女傑を演出したともっぱらの評判だぞ」

誰の話だろう。

おとぎ話かな。うん、きっとそうに違いない。

そんな物々しい女性には全く心当たりはないのだから。

バイレッタが現実逃避をしている間も、エミリオは優雅にお茶を飲んで非常に苦々しげに告げた。

「全く、稀代の毒婦が形無しだ。悔しいとは思わないのか、女傑だなんて野蛮な」

その噂を勝手に広めたのはエミリオであるし、バイレッタにとっては悪評にしかならなかったわけで、少しも悔しくはないのだが彼は違うらしい。積極的に噂を否定せず、むしろ男避けにちょうどいいと利用していたことも間違いではないが、今の噂よりは毒婦のほうがましな気がする。

「不甲斐ない。学院の頃の貴様のほうが、まだ色気があっただろうに」

「その噂を流せるのはどう考えても貴方しかいないのですけれど、お心当たりはありませんの？」

「なんだと、人を疑うのか」

バイレッタがクーデターの折、誘拐されたのは実行犯であるエミリオなら知っている。バイレッタが爆弾を前に隙をつくるような程度のことしかしていないことも、その場で眺めていたのだから。

思わずじとりとした視線を向けてしまったが、彼は澄まして鼻を鳴らすだけだ。

「ふん、とにかく今後の行動には気をつけろ。貴族派の反感を無駄に買っても仕方ないだろう。だから、こういう面倒にも巻き込まれるんだ」

「表立って貴族派を敵に回すつもりはありませんが、面倒に巻き込まれるとはどういうことでしょうか」

「議会に、立ち退きの嘆願書が提出された。場所は、ここだ」

「ここって、この工場ですか」

「未亡人を集めて昼日中から、怪しげな商売をしているとか騒音がひどいとか。そんな商売をこの土地でしてほしくないらしい」

「怪しげ？　騒音？」

バイレッタの経営している縫製工場は、確かに機織りの音や働いている従業員のおしゃべりなど音は立てているが、騒音と呼べるほど近所に住宅地が密集しているわけではない。その上、未亡人というのは先の戦争で夫が戦地に行ってしまい戻ってこなかった女性たちの生活を支えることも目指している。それ以外の目的はないのだが、どこが怪しげと見られるのだろうか。

「嘆願書は周辺の住民からとあるが、まあこの工場の周辺というのは不思議だな」

エミリオもおかしいとは感じているのだろう。丘の上にぽつんと建つ工場の周辺と住宅地とはかなりの距離があるのは一目瞭然だ。

「なるほど、つまり嫌がらせなのだろう」

あっさりと断じたエミリオに、バイレッタは返す言葉がない。確かに、意味のない嘆願書は嫌がらせ以外に考えられない。だとしても、もっと効果的な方法があるのに、地味に被害が小さいのがよくわからない。

しかも、それが立法府たる議会に上がるとはどういうことか。

「行政府への苦情申し立てではないのですか」

立ち退きなどは行政の管轄で行うべきものである。基本的に立法議会は立法府であるので、法律の制定や改定、またその法律に則って事務監査などを務めてはいるが、明らかに立ち退き勧告は範疇外だ。まだ粉飾決算を訴えられるほうが理解できる。そんなことはしていないが。

「そうだ、議会だ。主立っているのはデルフォーレ伯爵家だが、裏にいるのはー、あー、なんだあの小間使いの……途中で学院からいなくなったやつだ」

「セイルラオ・エルド様ですか？」

「確かそんな名前の子ザルだ」

「今は凄く大きくなりましたよ」

　今のセイルラオを見て、小間使いだとか子ザルだとかいう言葉は出てこないだろう。同級生ならではの気安さというよりは、エミリオが高慢だからだろうが。覚え方がひどい。セイルラオは貴族派の夜会にも何度か参加しているのを見かけたが、エミリオは記憶にないのだろうか。小さいと思っているから、今の彼を見ても別人として扱っていそうではある。

　だが、だとするなら今回の立ち退きの嫌がらせも納得がいく。

　どうにもセイルラオはバイレッタが気に入らないが、叔父のことは尊敬しているのだ。叔父に迷惑のかからない範囲で嫌がらせをされているのかもしれない。

「議会の反応はいかがですか」

「スワンガン伯爵家の縁者だと理解している者がほとんどだから、あまり大きな反応はないな。あれほどの財力を持つ家なら、敵に回しても損するだけだ」

スワンガン伯爵領の税収報告を先日、義父が行っていたのである程度の貴族連中には知られているのだろう。実際に先日の貴族派の夜会だってスワンガン伯爵家自体を蔑むような空気は感じなかった。セイルラオだけがおかしな噂を告げてきただけだ。グラアッチェ侯爵家から見ても資産家だと思われているのなら、貴族派からも一目置かれていることは確実である。

「ああ、いや、しかし最近はきな臭い話を聞いたか」

ふとエミリオが訝しげにつぶやいた。

「スワンガン領地の没収ですか？」

「そうだ。スワンガン伯爵家を疎んじている家は多いからな。なんせ旧帝国貴族の由緒正しい血筋であるにもかかわらず親子二代で軍人になるような変わり者だ。貴族派など自身の血筋に誇りを持っているからな、ああいう異端者は我慢がならないだろう。だからまあよく目をつけられてはいたが。今回は少しばかりおかしくはある」

「というと？」

「話が随分と曖昧というか……」

「噂話など曖昧なものでしょうに」

「いや、実際に噂話ならもっと断定的に語られるものだ。面白おかしくともいうが。お前の噂だってそうだろう。実しやかに囁かれるから、馬鹿にできないのではないか。だが、今回のはらしいという話しか聞かない。推測だが、出所が貴族派ではないのではないか？」

「つまり軍からの嫌がらせですか？」

軍人である夫の生家を潰してどんな利益が軍にあるというのか。

嫌がらせの範疇を超えている気もする。

「軍人派が噂の出所だなんて愉快ではあるが、まあ私には関係ないことだ。とにかく、立ち退きの件で裏から手を回しているのはあの男で間違いない。議会の嘆願書はどうにかしてやるから、あいつに気をつけるんだな。悪女らしく高慢に振る舞って、蹴落としてやれ」

これはエミリオなりの激励なのだろうか。

だから、そもそも悪女でも毒婦でも目指したつもりもなければ、喜んでそんな地位についているわけでもないのだが。不本意ではあるものの、訂正するのも面倒だったから放っておいただけなので。否定したところで誰もバイレッタの声に耳を貸さない状況であったというのもある。

バイレッタの懊悩(おうのう)に全く気づかずに、言いたい放題告げたエミリオは再度、カップに口をつけた。彼がカップを戻すのを見て、声をかける。

「議会にはこちらで手を打ちますわ」

「私がやるというのだから、大人しくしていればいい」

エミリオは嫌がらせをしてきた相手であるので、どうにも信用できない。

彼は先日のクーデター騒ぎの首謀者として軍から相当に責められていた。今でもこうして議長補佐官として働いてはいるが、それは多分に侯爵家の権力のおかげでもある。議長からは随分と信用を落としたと聞いている。彼の立場ではバイレッタに関わらないほうが賢明であろう。

地位や権力などに固執している男であったはずなのに、いったいどういう心境の変化があったというのか。

軍は関係ないと言いつつ、この件だってエミリオが関係しているわけでもないのに、わざわざ手を貸すというのもよくわからない。

「これ以上、お立場が悪くなるのは考え物なのではないですか」

「はあ? どういう――……っ」

気色ばんだエミリオは何かに気がつくと、途端に顔を真っ赤にした。

え、どういう反応？

「お前は、本当に可愛くないなっ」

訝しんでいると突然、罵られた。

いやいや、貴方の態度のほうが理解できないですって。

自分が可愛げがないのはわかっているし、わりと悪口を言われ馴れているのでバイレッタは普通に聞き流した。エミリオは震える手でお茶を飲んで噎せている。放っておいたほうがよいということを察した。

「さっきの話、どう思う？」

傍らに控えている秘書を見やれば、彼も思案顔ではある。

「エルド様といえば、夏頃に工場に視察にいらっしゃいましたよね？」

「そういえば、そんなこともあったわね」

綿花の栽培と輸入が他国でうまくいったので、原料を売るだけでなく自分でも加工までやりたくなったとのことだった。昔のよしみでやってきたというわりには、彼の態度は嫌悪感に溢れていて何を学んでいったのかは甚だわからなかったが。

「敵情視察だと隠そうともしていなかったけれど、その後にこんな嫌がらせを思いついたのかしら」

彼なら工場をおおざっぱに見学していたので、配置はわかっているはずだ。工場の立地も理解しているのでこんな杜撰な議案を提出するとも思えないのだが。

「だとするならば、なんともいいご学友をお持ちでいらっしゃいますね」

ドレクはちらりと真っ赤な顔をしてお茶を睨み付けるように飲んでいるエミリオを見て、苦笑する。この話の主語はセイルラオではなく、エミリオだろう。

「貴方、ちょっと前まで気をつけてって忠告していたでしょうに」

ドレクは学院時代にバイレッタの悪評を流していた首謀者がエミリオであると知っている。その上、自分に乱暴を働いた少年たちをけしかけたのも彼だ。議長が画策したとはいえ、先のクーデターでは、ライデウォール女伯爵と手を組んで軍の要人を誘拐した。アナルドがクーデターの最高幹部であると仕立て上げた首謀者の一人でもある。

今、こうして自由にしていられるのも侯爵家の権力を最大限に発揮したからだ。

彼の所業を並び立てればわりと悪人ではあるのだが、ドレクはにこやかに応じる。とんだ手のひら返しもいいところだと呆れれば、彼は飄々と答えた。

「人はいつまでも昔と同じとは限らないんですよ」

「意外に奥深いことを言うじゃない」

「ところでそれをぜひとも心してほしいのですが。昔のじゃじゃ馬ぶりを知っているだけに、女傑だなんて進化しなくてもいいんですよ。ぜひ、落ち着かれてください」

「やめて、本当に誤解なの！」

どれだけ否定してもドレクは意味深な笑いを決してやめない。

バイレッタは必死で聞こえないふりを決め込むのだった。

「お義父様、お呼びと伺いましたけれど」

バイレッタがスワンガン伯爵家に戻るや否や、義父の書斎兼執務室に呼び出された。ドノバンからことづけを受け取ったので、早々に向かえば渋面を作ったワイナルドが出迎えてくれた。

全く機嫌が悪いこと甚だしい。

確かに義父は浮ついた空気を醸し出すことのほうが珍しいけれど。

「遅いっ」

義父の一喝が飛んだが、バイレッタは全く意に介さずに整った眉を顰めるにとどめた。

部屋に入って、義父の机の前に立つ。

「お言葉ですけれど、こちらも仕事があるのです。いつもお義父様の都合に合わせて動いてはいられないのですけれど。それにどうせいつもの領地問題でしょう？　先に告げておきますけれど、私はスワンガン伯爵家に嫁ぎましたが、領主の補佐役に立候補したつもりはありませんの」

「――小娘めっ、旧帝国貴族に嫁いだのだから家の領地経営を手伝うのは当然だろうが。とにかくあやつが帰ってきたらややこしいことになる。そのための配慮なのだから、ぐだぐだ言わずにさっさと話を聞け」

やはりスワンガン領地の問題のようだ。

だが義父が時間を気にしているのは別のことのようではある。

「帰ってきたらというとアナルド様ですか？　ご自身の可愛い息子ではありませんの。そのような言い方はいかがなものかと思われますが」

ドノバンからアナルドが所用で出かけていると聞いている。その隙にバイレッタに仕事を振りたいのだろうが、ワイナルドがそこまで焦る理由がよくわからない。

「何が可愛いだ、貴様こそ口元が笑っているぞ！　それにあやつに知られると面倒だ。お前が領地に行くと言えば必ずついてくるではないか。以前のようにあれと何日も馬車の中に閉じ込められるだなんてぞっとする。だから内密に出かける準備をしておけ」

以前にアナルドと義父の三人で領地に向かった時は、確かに車中の空気があまりに重くて辟易（へきえき）したものだ。

納得はしたものの、いつも当然のように仕事を割り振られるけれど、領主はワイナルドであるのだから、自分の力で解決すべきなのではないのだろうか。助言が欲しいのなら、それ相応の態度でいるべきではある。

「アナルド様がついてくるかどうかは別として。帰ってきて早々に呼びつけられてこうして駆けつけた健気（けなげ）な嫁に怒鳴る前にすべきことがあるのではありませんか。そもそもスワンガン伯爵家がお家取り潰しになるかもしれないなどと騒がれているのに、調べてほしいとお願いしたことは無視して、別の仕事を押し付けるだなんておかしくありません？」

「不確かな噂にいちいち関わっていられるか。そんなことよりも実際に領地から嘆願書が届いたことのほうが問題だ。ここ数ヶ月、それぞれの町の税収が落ちているので、なんとかしてほしいとな」

ばさりと手紙の束を机の上に広げたワイナルドは、読めというように顎をしゃくった。バイレッタはその一番上に置いてある報告書のようなものを手にとって、ざっと眺めた。

温泉地を有する町の町長たちの訴えをまとめたもののようだが、どれも主張は客の取り合いになって税収が落ちているので助けてほしいという内容だった。

スワンガン領地には昔から固有の温泉場と、新規で温泉が湧き出した場所がある。夏頃に領地に戻った際に、水防工事を行う傍ら新たに発見された源泉から近くの町へ湯の提供を行ったが、どうにもその折り合いがつかないということらしい。

「揉めないわけがないとは思いましたが、随分と早いですわね」

「予期していたのなら、なんとかしろ」

「なんとかと簡単におっしゃられても……」

スワンガン領地に来る客は一定だ。

昔馴染みが来るので、なかなか新規客を捕まえるのは難しい。

固定客の要望に各温泉場が応じるので、どこも似たり寄ったりの場所になって、結局立地や建物の新しさに目が行ってしまう。新しい温泉場としては新規事業にかけた費用が多いためそもそも赤字から開始する。けれど客足が伸びなければ税収が下がるのは当然だ。客入りの見込みを古い温泉場と同様と考えているのだとしたら騒ぐのも理解できるが、想定が間違っていると指摘しなければならない。最大の問題は客の動向であると、温泉場を持つ町長たちの考え方を変える必要がある。

どれもこれも一朝一夕でどうにかできるとも思えない。

予期していたとはいえ、この手の話が出てくるのはもう少し遅いと思っていただけに、なんの対策も立てられていなかった。

「ちなみにお義父様には何かお考えはございますか」

つい探るようなまなざしを向けてしまったが、いっそ清々しいほどにないと答えを貰(もら)っただけだった。

予想はしていたのでバイレッタは呆れたように息をつくだけだ。

「問われればいつでも簡単に答えを得られるとは思わないでいただきたいわ」

「ふん、どうせ簡単に解決できるものはつまらないと拗ねるくせに」

「そんなことを言った覚えはありませんけれど」

「貴様がひねくれ者だということはきちんと理解している」

可愛げのある性格をしているとは思わないが、他人から指摘されると腹立たしいのも事実で、カチンときた。ついでに言えば、ひねくれた義父には言われたくない。

余裕に満ちた笑みを浮かべる義父に言いくるめられるわけにはいかないと腹に力を込める。

「あら、お義父様ってば嫁をよくご理解いただいてとても嬉しいですわ。けれど、無条件で従うとお考えではありませんわよね」

「どういう意味だ？」

「深い意味はありません。ただ、相互に利益を見込んでいただきたいというだけです。商人を無料でこき使おうだなんてあくどいことはお考えではありませんわよね。ええ、もちろん、お義父様が慈悲深いことは承知しておりますが」

「気持ち悪いことを言っていないでさっさと話せ！」

「今、少し工場のほうでトラブルを抱えておりまして。ぜひともお力添えをいただきたいのですけれど」

議会に出された立ち退き要求に関してはドレクに指示を与えている。議会に参加する議員にコネがあるので、十分に撤回できるだろうが勝率を上げておくのは大事だ。

そもそも立法府議会に嘆願書を出されたのも、スワンガン伯爵家と全く関係ないとは言い切れない以上、多少なりとも義父の力を借りても問題はないはずだ。

何よりも無料より高いものはないということを実感してもらわなければわりにあわ

ない。

「また、貴様は小賢しい商売人根性を出しおって……」

「お褒めいただき恐縮ですわ」

苦々しげな義父に向かって盛大な嫌みをぶつけて、バイレッタはそのまま条件を提示したのだった。

立法府議会から監査の連絡が来たのは、エミリオから話を聞いて数日が経った頃だった。一応、議会の承認は通ったとのことで、議会の承認印を押した書類を持ってきた者たちがいる。

議会の監査委員の肩書を持つ彼らは議会の承認が通った議題を監査するための調査員でもある。総勢十人と大所帯ではあるが、先頭に立った男はやる気がなさそうに告げた。

「正式な通達ではあるが、あーなんだ……期限内に履行が難しい場合は、こちらの提示額を示してもらえれば再考するとのことだ」

監査委員が承認書を広げればば、それだけで相手が萎縮するほどの権限がある。なぜなら、彼らの後ろにいるのは帝国でも高位貴族であり議会を牛耳っている旧帝国貴族派なのだから。

だからこそ後ろ暗いところがある貴族は、監査を受ける前に金銭で解決することが多い。それが議会の小遣い稼ぎにもなっている。それゆえ、持って回った言い方をするのだろう。要は金を払えば帰ってやると言いたいのだ。

工場の母屋の入り口で対峙したバイレッタは、ゆったりと微笑んだ。

始業時間すぐにやってきた男たちに憤ったところで意味もない。

「それはそれはご苦労さまです。このように立ち話では申し訳ありませんから、中へどうぞ」

もちろん、後ろ暗いところなど全くないバイレッタは金銭を支払うつもりはない。しかも提示された金額は半年分ほどの売り上げに匹敵する金額だった。なんとしてでも追い返してやると心に誓う。

監査委員の長だと名乗った男は、ワイズ男爵家の者らしいが、貴族派の派閥などあまり頭に入っていない。だが、今回は義父の力を借りているので、彼がこの嘆願書を出したデルフォーレ伯爵家の縁故の者であると知っていた。

南西に位置するデルフォーレ伯爵家の領地には、狭いながらも港を有する交易都市の一つがある。主に漁業と海産物、港に着く交易品で収益を上げている貴族派の中でも中堅クラスの家だ。

セイルラオとは交易で知り合ったのだろう。そもそも綿花を陸路と海路で運んできたのは彼である。海路の交易主とつながりがあるのは当然だ。

こうして仕掛けてきたのは、バイレッタがケベッツ伯爵家に綿花を大量に注文したことを聞きつけたからだということは調べがついた。綿花を買う金を少しでも減らすために、金銭を要求してきていることも。

つまりあの夜会の後、すぐにセイルラオがけしかけてきたのだろう。迅速なのは商人にとっては美徳だけれど、杜撰な計画というのはどこかでぼろが出るものだ。

応接間に監査委員長の男を案内すると、引き連れてきた部下たちは所在なさげに立ち尽くしていた。威嚇要員であるので仕事をする様子がないのは見て取れる。

応接間はそれほど広い部屋でもないので、居心地が悪いことこの上ないだろう。

「工場の視察ですわよね、どうぞお仕事をなさってください。ドレク、お願いね」

「かしこまりました。今回のご用件は業務内容の確認と、騒音の発生の確認ということでよろしいでしょうか」

入口に控えていた秘書に目配せすれば、彼は了解したとばかりに小さく顎を引いて、監査委員が持ち込んだ承認書を眺めながら一同を見回した。ドレクの問いに誰もが戸惑いの表情ではあるものの、一応は頷きが入る。

「では、いくつか視察場所が変わりますので、何人かずつに分けさせていただきますね。まず業務内容の確認には、この者についていってください。工場の中を案内させます。騒音の確認はこの者が案内します」

ドレクのてきぱきとした指示で幾人かに分かれた監査委員がぞろぞろと部屋を出ていく。それを見送って、バイレッタはお茶のカップを監査委員の長と名乗った男の前に差し出した。

「視察が終わるまで、こちらでお待ちください」

「あ、ああ」

「嘆願書一つで、わざわざこのような場所までご足労いただきまして、申し訳ありませんわ。大変なお仕事ですわね」

「え、いや、まあ、そうだな……」

事前に調べたところでは、彼はデルフォーレ伯爵家から同じような仕事をさせられているらしい。だがいつもは金を受け取って終わるだけの簡単な仕事だ。けれど、彼の自尊心はいたく傷つけられているという。上に不満を抱いている男を今回の監査の長にしてほしいとお願いしたのはバイレッタだ。義父は可能な限り、要望に応えてくれたことになる。

持つべきものはやはり権力か。

だが見返りを考えるとバイレッタも度々使いたい手段ではない。そもそも義父にむやみに頼んだところで、いいようにこき使われるのが目に見えている。今回も領地行きは確実なのだから。だからこそ、使い時を見誤ってはいけないのだ。

待つこと数刻。

「ど、どういうことだっ」

監査委員の男が激高したが、部下はしどろもどろに報告を繰り返すだけだ。

次々に戻ってきた部下たちの報告は一様に、問題なしだ。

確かに大勢の女性たちが働いているが、ひたすらに服を作っているだけだし、騒音にしても機械が動く時の音は確かにひどいが、近隣の住居からは離れているため問題になるとは思えない。

「では、この嘆願書は……っ」

「こういった嫌がらせは何度かありますので……ですから、大変なお仕事ですわねと申し上げましたわ」

同情を込めれば、わなわなと震えた手が嘆願書を握り締めている。

「嫌がらせだとっ、そんなことに駆り出されたというのかっ」

実際にそうなのだから、バイレッタは頷くしかない。

巻き上げた金のいくらかは、実際に徴収した者たちの懐に入ることもわかっている。だからこそ、彼は手ぶらで帰るわけにはいかないのだ。

男は小さな目をせわしなく動かして、焦ったように言い募る。

「いや、そもそも嫌がらせを受けるほうがどうかしているのではないか。何かあるから、このような嘆願書があるのだろう」

「それは、どういう意味でおっしゃられているのでしょうか」

声だけは平静を努めるが、込められた侮蔑を隠すことは難しい。なんとか金を手に入れられないかと焦る男に敬意を払う必要もない。

男はバイレッタの気迫に怯みを見せたものの憤怒の顔を浮かべた。ここまで徹底して叩きのめしたところで勝敗の行方は見えている。

明らかに負けるとわかっていても挑戦してくるとは愚か以外の何ものでもない。

そもそもこれまでだって嫌がらせはあったのだ。商売敵ということもあるが、スワンガン伯爵家という家門に対しての嫌がらせだったこともある。表立って貴族派と対立しているわけではないが、二代続けて軍人になったことがそもそも気に入らないのだろう。領地持ちの旧帝国貴族ならば、きちんと貴族派に属せという脅しでもある。はっきり言って逆効果でしかないが。

だからこそ、こんなお粗末な嘆願書一つでホイホイ動いてくるのだ。立法府議会も一枚岩ではないので手の者をもぐり込ませることはできるけれど、完全に阻止するのは至難の業だ。だからこうして、いったんは対峙することになる。

「お前たち、何かあるだろう。なんでもいいから報告しろ」

部下に無理やり吐かせるように詰め寄る男に、おずおずと報告が上がる。

「確かに、女性たちは大勢働いておりましたが」

「ほうらみろ、やはり嘆願書の通りではないか。だから、金を――」

勝ち誇ったかのように笑う監査委員の男に、バイレッタは苛立ち(いらだ)ちを押し殺してわかりやすいように説明する。

「彼女たちは寡婦ですわ。先の南部戦線で従軍され立派に務めを果たされた勇猛果敢なる帝国軍人たちの妻です。僅かばかりの戦勝費もどこぞの横やりで先日まで支給されず、されど夫は戻らずに幼い子供たちを細い腕で支えている立派な職人たちです。それを立法府議会の方たちはどのようにお考えいただいているのか。まあ、末端のお役人様はご存じないかもしれませんけれど」

長期になった南部戦線は確かに勝利した。けれど、相手国からせしめた戦勝費はなぜか軍に支給されず立法府議会が差し止めを行っていたのだ。立法府議会に長年君臨する議長が仕掛けたことだが、議会の中でも上層部しか知らない陰謀だ。存外に木っ端役人の出番はないと告げれば、相手は面白いように憤怒の形相になる。

「少しは口を慎んだらどうだ。これだから……っ」

「これだからなんです？」

女だから、それとも貴族派に属さない変わり者の嫁だから、だろうか。

何を言われたところで、構いはしない。

男を見据えて、バイレッタは啖呵を切った。

「馬鹿になさらないで。これでも誇り高き帝国軍人のむ……妻ですわ」

うっかりいつものように娘と言いかけそうになって、今は妻であることを思い出す。

薄っぺらい覚悟でやってきた時点で、彼の負けは見えている。

そもそも金を回収しに来ただけなのだから、覚悟も何もありはしないだろうけれど。

言い間違いをごまかすためにも、さっさと話題転換を図る。

「そうそう、最近面白いお話を聞きしましたの。新しく帝都に入ってきている綿花ですけれど、従来通りのものとは随分と勝手が違うとか……ご存じかしら」

「め、綿花だと……？」

途端に顔色を変えた男に、バイレッタは確信した。頼んだのはデルフォーレ伯爵家と縁故のある者ではあったが、監査委員など務めている男がどこまで事業に関わっているのかはわからなかった。だが、この反応を見ると、それなりに携わっているようだ。

それに初めから背後にセイルラオがいる時点でほぼほぼ婚家との関係はないだろうとは思っていたが、知らないだけで接点があるのかもしれないと疑ってもいた。けれど、完全にスワンガン伯爵家とは関係ないようだ。

結局、領地の件を引き受けることと条件をつけていて正解だったということになる。

「安いからこそ仕方がないと諦めている方が多いと伺いましたわ。以前の綿花の質と同等のものを買い求める声もいくつか聞いておりますし。売上げが、今以上になることは考えられないと思われませんか？」

「な、何を……」

「あら、世間話ですわよ。このお話をどう使われるかはお任せしますけれど」

寄親（よりおや）であるデルフォーレ伯爵家を糾弾してもいいし、別に傍観してもいい。

バイレッタにはあくまでも世間話なのだから。

「なっ、まさかデルフォーレ家を侮辱するのか」

「とんでもありません。ただの世間話でございます」

気色ばんだ男にはあまり効果はないようだ。無能者にはもっとわかりやすい牽制のほうがいいということだろう。

瞬時に判断するとバイレッタは、物憂げなため息をつく。

「はあ、困ったわ」

目を伏せつつ、視線を横に動かした。

その先には応接間の壁に飾られた甲冑が一式、鈍い光を受けて不気味に輝いている。足元には抜き身の剣が飾られており、さらに威圧感が増す。

応接間に不似合いな重厚感に、ようやく気がついた男は必死に虚勢を張りつけた。

「な、なんだ……？」

「先日、私はとても素敵な二つ名をいただいたんですよ、それも貴族派の方々から——とても光栄なことですわね」

「へ……？」

間抜けな男は視線を彷徨わせて、バイレッタと甲冑の前に物々しげに置かれた剣を認める。ようやく何かに気がついたようにはっとした。

「あ、スワンガン伯爵家の……『閃光の徒花』……っ」

「あら、嬉しいわ。ご存じでいらっしゃるの。謂れも知っていらっしゃる？　私、どうしても目に入るとうずうずしてしまってとても困ってしまうわ――」

瞳に剣呑な光を宿しながら、意味ありげに目配せをすれば男は真っ青になってのけぞった。

怒ればなんでも切り刻んでしまう女傑だそうだから。しっかり伝わっているようでありがたいやら悲しいやら複雑な心境ではあるが。それはしっかりと隠して。

「きょ、今日のところは、これで、し、失礼させてもらうっ」

「わああ、置いてかないでくださいよっ」

「おい、早く逃げろっ」

慌ただしく応接間を出ていく男たちを見守って、バイレッタはパンと一つ手を打つ。

「お客様のお帰りよ」

「見ていればわかりますよ。もちろんお見送りは不要でしょうね」

バイレッタの横に控えていたドレクがやれやれと肩を上げる。

「当たり前でしょう。それより午前中の時間が潰れたのだから、午後からはしっかり働くとして、まずはアレを片づけてちょうだいな」

アレとバイレッタが示した先には甲冑と剣がある。物置にひっそりと置かれていたものを引っ張り出してきて磨いたのは昨日のことだ。もちろん何から何までバイレッタの指示のもと、ドレクが行った。

「あれ、本当にここに運び込んで飾るの大変だったんですよ。物凄く重たいし、汚いし。あそこの肩の汚れが落ちなくて……仮面のところもちょっと剝げてるし。それなのに、一瞬だけしか使わないだなんて」

「なおさら不気味に見えるからよかったじゃない。何より効果抜群でしょう。軍人用の外套を作る時のマネキンとして買ったものだけれど、結局なんの役にも立たなかったんだから、意外な使い道があってよかったわ」

監査委員の逃げっぷりといったら、素晴らしいの一言に尽きるではないか。

「相変わらず悪名を利用するのは感心しませんが……全く、どんどんじゃじゃ馬っぷりが露見していくだなんて師匠は呆れるでしょうね。貴女の旦那様だってどれほど悲しまれることか」

「叔父様は、お小言くらいよ。怪我がなくてよかったと最後は安心なさるのではないかしら。旦那様にいたっては悲しむというよりは……」

面白がりそうではある。いや、むしろ夫の場合は感心するだろうか。

それともスワンガン伯爵家の家名の恥だと怒る？

冷血狐で、家門に対する執着も特にない軍人の夫の反応など全く予想がつかない。

夫の行動はとにかく不可思議の一言に尽きるのだから。

「とにかく、今日のところはなんとかなったけれど、彼らの監視は忘れないで。後で報告もお願いするわね」

「かしこまりました」

秘書に見送られて、バイレッタはきびきびと応接間を後にするのだった。


アナルドと約束していた帝国歌劇へ行くために、支度を終えたバイレッタは自室の鏡台の前で、ふうと息を吐いた。丁寧に結われまとめられた髪に揺れる真珠の飾りをぼんやりと眺めるともなしに眺めている。

帝国歌劇は二部制だ。昼は家族向けの内容を、夜は対象年齢を上げて大人向けの演目を行う。夫が誘ってきたのは昼のほうだった。昼食を終えて用意を始めたバイレッタは先ほどメイドを下がらせたところだ。

年嵩のメイドはバイレッタの髪を結い上げると、余計な話をせずに部屋を後にしたが生暖かい視線を向けられていたような気がして居心地が悪くなった。

この屋敷の者たちはおしゃべりではないけれど穏やかな性格の者が多く、若夫婦の仲睦まじい様子を見守っているように見える。

なりゆきで二人で出かけたことはあるが、こうして改めて誘われたのは初めてのことだった。人生でも初めてだ。

ドレクがデートだなんて言うから変に意識してしまっているのでは？

まさか緊張しているのだろうか、と鏡面に映る自分の姿を見つめれば勝気なアメジストの瞳がこちらに目を向けている。けれど、心持ち怯えたようにも見えた。

バイレッタは笑みを浮かべてみるが、やはり少し弱々しく思えた。

ああ、情けないなと再度ため息をこぼした時、部屋の扉を叩かれた。

大げさなほどびくりと体を震わせて、慌てて返事をすれば入ってきたのはアナルドだった。

帝国歌劇場は基本的に正装でないと入れない。

だからこそバイレッタはやや控えめでもデイドレスに身を包んでいる。だというのに、やってきたアナルドはシャツにスラックスという普段着だった。けれど、手にはタイを持っている。

一応、正装をしようとした気配を感じて首を傾げた。

まだ時間がかかると伝えに来たのだろうかと考えたのだが、気まずげに伏せられたエメラルドグリーンの瞳からは窺い知ることはできなかった。

「どうかされましたか？」

「誘った手前申し訳ないのですが。よく考えたら、帝国歌劇場に行くのが初めてのことで。服装すらわからないのですが、お聞きしてもよろしいですか」

困っているのは確かにわかるが、あまりに堂々と告げられてバイレッタは思わず目を瞬かせた。

大衆娯楽として帝国歌劇はよく知られている。

平民ですら幼い頃から行くというのに、彼は一度も行ったことがないというのだろうか。

それこそデートの場としてもよく使われる。定番中の定番だ。

今日の自分たちには当てはまらないけれど！

けれど、今日誘ってきたのはアナルド本人である。

賭けに勝ってまで行きたかったのではないのだろうか。それなのに、格好がわからないとは不思議な話だ。

「昼の部なので、それほどかしこまらなくてもよろしいでしょうが、貴族席に向かうのなら階が違うのでそれなりの格好を求められますわ。今日はどちらの席で予約をされておりますの？」

気兼ねなく誰でも受け入れている帝国歌劇は一階部分が一般市民向けで、二階のボックス席部分が貴族向けになる。出入口も異なるため交ざることはない。アナルドは二階に向かうと考えたからバイレッタも用意をしたのだが、もしかしたらそれも知らないのかもしれない。

二階席でないのなら、あまり上質な服で赴くわけにもいかない。

「二階席を予約していますが、何か違いがあるのですか？」

案の定、アナルドは知らなかったようだ。けれどきちんと二階席を予約しているのだから、家名を告げた時点で帝国歌劇場の予約係が気を利かせてくれたのかもしれない。

「それでは、お手伝いいたしますわ」

男性使用人にでも聞けばいいという提案は端からなかった。

いつも外出には簡素な格好しかしないアナルドである。

バイレッタはいつか彼の服をコーディネートしてみたいと考えていたことを思い出した。自分の店の服を着てくれれば宣伝効果間違いなしのモデルになるだろう、と。

アナルドを促して彼の部屋へと向かう。

夫の自室に入るのは初めてだ。アナルドらしい落ち着いた調度品に囲まれている。無骨だけれど使いやすいものばかりを揃えた家具などにきっと愛着などないだろうけれど。

浮足立つ気持ちを隠して、夫に断ってクローゼットを開く。

さすがに色とりどりのスーツが並んでいるが、どれも新品同様に見える。

ほとんど使った形跡がない。

「この中からお気に入りの服装などはありますか？」

「軍人など軍服があればすべての式典や夜会に事足りるので、ここに何があるのかすらわかりません」

恥ずかしげもなく言い切る夫にバイレッタはむしろ清々しい気持ちになった。

ここまで頓着しないのならば、バイレッタの好きにできるのではないか。

時間があればこの男を叔父が手掛けている洋装店に連れていって服を仕立てたい。

だがいかんせん、時間がない。

手持ちのものでなんとかするしかない、と並ぶスーツ一式を眺めた。

一着ずつ手にとって、アナルドに当てていく。

彼は軍人にしては驚くほどに肌が白いので、暗い色合いのスーツはよく映えた。明るい色のものも、華やかさが増して色気を感じる。

本当に呆れるほどの美貌だ。

ため息がこぼれる。つくづく夫の顔は整っている。顔だけでなく高い身長に長い手足。均整のとれた体形はどこもかしこも美しい。

本当にモデルに相応(ふさわ)しい男である。

「こちらのもの、ううん、こちらのほうがいいかしら」

基本的には婦人向けの洋装店のオーナーではあるけれど、一部紳士用も取り扱っている。ここは自分の腕が試される時だ。

「小物はどちらにあります？」

「そちらの引き出しに入っています」

スーツだけでは埒(らち)が明かないので、ついでに置いてあるタイや胸飾りも一緒に吟味することにした。

「ああ、素敵だわ。でも、このタイなら、こちらのスーツのほうが合うかしら。でもこっちも捨てがたいわね」

闘志を燃やす妻をアナルドは楽しげに見つめていたが、もちろんバイレッタは選ぶのに夢中で気がつくはずもなかった。


アナルドと連れ立って、帝国歌劇の観劇にやってきた。

帝国歌劇場の建物自体はとても古く、旧帝国時代に建築されているので歴史的価値も高い。当時の芸術の粋を極めたような華美な建物の中は真新しい絨毯が敷かれ、曇り一つない窓と、どこもかしこも輝いている。演目ももちろん華やかだが、役者が使う小道具や衣装なども目を楽しませてくれる出来栄えだ。何より巨大なホールいっぱいに朗々と響く歌声の素晴らしいことといったら！

今は演目を観終わって二階のホールに出たところである。後はこのまま帰るだけだが、観客たちは演目を観終わってそれぞれの興奮に包まれていた。昼の部なのでやはり家族連れが多く見受けられる。だが、ちらちらと好奇心に満ちた視線を向けられるのを感じて、バイレッタは内心得意になった。

ドレスを纏っているバイレッタの横で、アナルドもスーツを着込んでいる。仕立ては良いもので、濃緑色の落ち着いたものだ。彼の灰色の髪も整えて、ややオールバックにさせている。一筋額に落ちている前髪が色っぽくはある。

思わず本気を出してしまったため、出来上がりを見た時には、とても満足した。手伝いに呼んだメイドとともにほうっと息を吐いてしまったほどだ。

そんな芸術作品のような美貌の男に注目が集まらないはずがない。家族連れとは言っても目の肥えた貴族連中の目に留まるのは当然といえた。これで、先日の夜会の軍服姿を多少とも払拭できただろうか。軍人だから軍服しか持っていないなどと揶揄されることも減るだろう。

演目を観た興奮と合わさって、きゃあきゃあと華やかな声がそこかしこで聞こえる。けれど、格好はともかく彼の表情は沈んでいるように見えた。もともと口数は少ない男ではあるけれど、今はとにかく沈黙を貫いている。

貴方が賭けに勝って言い出した願いだろうに、とバイレッタは思うのだが、原因に心当たりがある上に、その要因に加担してしまったような気もしているので少々悪かったと反省もしている。

「とても素敵でしたわね、お義姉様。特に騎士様が愛を乞う場面は胸に迫りましたわ。あんなふうに想いを告げられたら素敵ですわね」

対照的にはしゃいでいるのはミレイナだ。

年頃の娘らしい愛らしいドレスに、興奮に頬を染めて微笑む姿はどこまでも可憐だ。

義妹の姿に、思わずバイレッタも表情を緩める。

「そうね、素晴らしかったわね」

帝国歌劇の人気の演目は騎士と姫のシリーズで、今回のものは初公演だ。悲恋の物語で身分差に悩む若い二人の別離のシーンではそこかしこですすり泣く声が聞こえてきた。ミレイナもほろほろと泣いていたが、今はすっかり少女らしい余韻に浸っている。

バイレッタとしては、同じような設定だというのに、毎回全く異なる物語に感心するばかりで、ミレイナのように自分もそんな立場になってみたいという願望はない。

義妹が喜んでいるので、それだけで満足だ。

「お義姉様が連れてきてくださって本当に嬉しいです」

「そう、よかったわ」

アナルドと観劇に行く準備をしていたところ、ミレイナがやってきて一緒に行きたいと願ったのだ。断る理由もないので了承したが、それを知ったアナルドの機嫌はすこぶる悪い。

ドレクがデートだなんて言ってからかっていたが、まさか本当にデートへのお誘いだったのだろうか。

でも夫婦なのだから、別に二人きりで出かけなくてもいいのでは？

やってきた演目は家族向けの昼の部だし。

バイレッタは心の中で言い訳しつつも、夫の様子も気になってほとんど歌劇に集中できなかった。

義妹が楽しんでくれたのなら、何よりだ。

「貴女も楽しめましたか？」

「お義姉様も姫と騎士のシリーズはお好きですよ、いつも新作は一緒に観に来ますからね！」

アナルドはバイレッタに問いかけたが、ミレイナが代わりに胸を張って答えた。

これまで姫と騎士の観劇はミレイナに誘われて観に来ていた。恋愛物語だが、途中の剣戟の場面が迫真の演技で面白いからだ。歌劇なので役者はあまり動かないけれど、背景として演舞を行う場面があり、動きが独特で参考になる。時に帝国の軍人式の剣を使うかと思えば、隣国ナリスの本格的な騎士の剣舞を観せられることもある。異国の剣捌きを観ることなどなかなかない機会なので楽しい時間なのだ。

日頃から剣を嗜むバイレッタにとっては観ているだけで、体がうずうずとしてしまうほどだ。

恋愛体質にはほど遠いことはよくわかっている。

「そうですか。やはり騎士とは……」

アナルドは思案げにつぶやいて、そのまま黙り込んでしまった。

「軍人よりも騎士のほうが人気がありますのよ。ねえ、お義姉様」

「え、ええと、まあ好みの問題かしらね」

夫はどちらかといえば騎士に対して対応が厳しい。

というのも領地にいる隣国の元騎士の男がどうにも気に入らないようなのだ。真面目に働き信頼のおける人物ではあるのだが。

「好みだなんて、圧倒的に騎士の人気が高いに決まっていますわ。華やかで高潔で凛々しくて素敵ではありませんか」

「そうねえ、旦那様は初めて歌劇をご覧になられていかがでした？」

なんとも気まずい空気をどうにかしたくて、バイレッタは笑顔を張りつけて夫を見つめれば、彼はなぜか憮然とした表情をしていた。

「あの騎士はなぜ単騎で攫われた姫を助けに行くのかが理解できません。敵国に囚われたというのなら、一人で行くのは下策です。しかも闇夜に紛れず月あかりの中堂々と敵陣の中で名乗りまで上げている。愚かとしか言いようがないですね。自殺願望の強い部下など願い下げですよ。当然の結果だというのに、あの姫がそれほど嘆き悲しむ理由が全くわかりません。そんなに状況把握が甘くては、人質としても助けられる可能性は限りなく低いですね」

悲恋話が一気に愚か者たちの物語になり下がった。

満月の夜に、助けに来た騎士が塔に囚われた姫に愛を告げる感動的な見せ場すら心に響かなかったようだ。

アナルドが歌劇観賞に向いていないことはよくわかったが、バイレッタとて剣舞に注目しているのでストーリーなど二の次だ。

自分たちは案外似た者同士なのかもしれない。

「お兄様はだから女心がわからないのですわ！」

感動に打ち震えていたミレイナが憤慨している。

「いや、これは女心というよりは戦略の問題だ。きちんと見直すべきだろう。そもそも相手は誘い込んでいるのがあからさまで、迂闊にのこのこ敵陣に飛び込むところも無能だな。あれが相手の裏をかく作戦であれば、まだ見どころがあったが、なんの対策も講じない時点で未来は決まっていたようなものだ」

「物語に本格的な戦略など必要ありません。雰囲気を楽しむものなのです。そういう無粋なところが夫婦の溝ができる原因になるのですわ」

「物語の話であって、夫婦の溝は関係ないだろう」

「価値観の違いは大きな問題に繋がります！」

ぷりぷりと怒っているミレイナに対して、さすがのアナルドも困惑しているようだ。全く似ていない兄妹のやりとりをバイレッタは微笑ましげに見つめていたが、アナルドの肩越しにミレイナの視線が不思議そうに瞬くのを見逃さなかった。

「あら、お義姉様。あちらにいらっしゃるのはエトー様ではありません？」

「え、叔父様が？」

興奮していたミレイナが、ふと指さしたほうに顔を向ければ確かに見知った叔父の姿がある。

サミュズ・エトー。

黒に近いこげ茶の髪を丁寧に撫でつけている。翡翠色の瞳を細めているだけで端整な顔立ちが甘やかになる。だが、今は硬い表情をしているため、それだけで底冷えのする冷酷さが窺えた。

大商人でもあり、大陸全土に店舗を構える大店の会頭だ。

優しげな風貌が擬態であると見抜いているバイレッタにとって違和感はないけれど、珍しい光景ではある。だが、彼と対峙している青年を見て思わず眉をひそめた。

「エルド様……？」

セイルラオは叔父に憧れてはいるが、あからさまにつきまとったりすることはない。付き合いもこれといってないと聞いている。だというのに、二人が一緒にいる姿に疑問を持った。

だが、セイルラオは手短に用件を告げたのか、さっさと出口に向かって歩きだした。

叔父はその背中を静かに見送るだけだが、ふと視線を感じたのかこちらに顔を向けた。

「やあ、バイレッタ、ミレイナ。お揃いで、観劇かい？」

サミュズは気がついて、片手を上げた。さらりとアナルドを無視しているところに、確執を感じる。夫と叔父はあまり仲がよくないのだ。

「お久しぶりですわね。叔父様もお変わりないようで安心しました」

「最近はナリスと帝国を行ったり来たりしていてすっかりバイレッタ不足だよ。ほら、可愛い顔をもっとよく見せて」

抱きしめようと伸ばされた腕を待っていれば、後ろにぐいと引かれた。

「なんの真似だ？」

「近すぎてはよく見えないでしょうから」

ぽすんとアナルドの薄いけれど鍛えられた胸に背中を預ける形で叔父を見上げると、サミュズは苦々しげに夫を睨み付けていた。

「そんな気遣いは無用だ」

「そうですか。まあ妻は元気ですから。ほら、顔色もいいでしょう？」

言うなり、頰に口づけられた。

「なっ…な、何を――っ」

思わず真っ赤になって抗議すれば、飄々とした夫の顔が間近にある。

「お気に召しましたか？　とても機嫌がよさそうですね」

「旦那様っ」

機嫌がいいわけない！

何か文句を言いたいけれど、沸騰した頭では何一つとして言葉が出てこなかった。

「相変わらず身勝手な男だな。いつになったら姪と別れてくれるんだ？」

「ご冗談を。貴方の期待に応えられる日が来るとは思えませんね」

「いい度胸じゃないか。私に喧嘩を売ってタダで済むと思うなよ、若造が」

「おや、事実を懇切丁寧に教えたというのに親切を仇で返されるとは思いもしませんでしたが。商人というのはもう少し義理堅いと聞いておりましたが違うようですね」

「ほう。そうか、そうか。なら――」

「叔父様。そういえば、先ほどエルド様と会っておられたようですけれど、いつの間にプライベートでもお会いするほどに親しくなったのですか」

少しもやめる気配のない二人の舌戦に、思わずバイレッタはサミュズに問いかけた。

「んん、エルド？　ああ、あいつか。いや、たまたま会ったんだが。そういえば、おかしなことを言っていたな」

「おかしなこと？」

「バイレッタ、最近はスワンガン領地に行っているかい？」

剣呑な目つきを和らげて、いつものように温和な表情でサミュズが瞳を瞬かせた。

「集客が悪いようなので近々視察に向かう予定ではありますけれど」

「なんですか、それは。初耳ですね」

横からアナルドが静かな声音で告げた途端に、バイレッタはしまったと内心で焦った。義父からはくれぐれもアナルドに内緒にしてほしいと言われていたはずだったが、すぐにばれるだろうと放置していたのだ。アナルドがついてきてもこなくてもどちらも面倒なことにしかならないだろうから、自分の中でも興味がほとんどなかった。

　そもそも、あの義父がまさか隠し通せていたとは露ほども考えていなかったというのも大きい。

　まさか数日後に向かうことになっていることを知らなかったとは。

「あら、ご存じありませんでしたか？　とにかく領地への視察には近々伺いますわ」

　バイレッタは努めて自然体のように流して、叔父に向き直った。

「集客というと？」

「新しい温泉場と古い温泉場とで客の取り合いになっているようで、思うような集客に繋がっていないようなのです。嘆願書が届いていたので、義父からも頼まれていまして」

「ああ、なるほど。だとしたら、どういうつもりだ？」

　サミュズは思案げに顎に手を当てて考え込んでいる。

「エルド様に何を言われたのですか」

「ああ。スワンガン領地に厄介な客が来るから、もし投資しているようなら引き上げたほうがいいと言われたんだ。投資金の回収が難しくなるから、と」

別にサミュズが投資しているわけではないが、バイレッタが手掛けているものはすべて叔父の手が回っているとセイルラオが考えていて忠告したのかもしれない。

「お客様、ですか？」

客が来るなどという話は、領地にいる執事頭のバードゥから報告はなかった。

セイルラオはサミュズに恩を感じているのか、叔父には真摯な態度で接している。つまり、彼が忠告めいたことを言うのなら、本当に忠告なのだろう。裏には案じている思いしかない。

やってくる客のせいで領地を没収されるほどの問題が起こるというのだろうか。

「そんな厄介な客が来るというのなら、当然俺もついていきますよ」

「え、ええ。それはご自由になさってください」

義父の怒った顔が浮かんだが、バイレッタには残念ながら夫を止めるすべがない。

「相変わらずの忠犬っぷりだが、今回ばかりはしっかりくっついて守っていろ。スワンガン領地は、没収されるかもしれないんだろう？」

サミュズは厳しい表情のままアナルドを見やって、バイレッタに問いかけた。

「叔父様もその噂をご存じでいらっしゃるのね。理由がよくわからない噂話なのですけれど、そもそも最初はエルド様に言われたのです。ですから、彼が厄介な客が来ると忠告するのであれば、その客が何か問題を起こしてしまうと考えるほうが自然ですわね」

「なるほど。いつもの貴族派のやっかみかと思ったんだが、どうにも様子がおかしいね。出所に関してはもう少し調べてみるけれど、あいつの忠告も気になる。もし領地に向かうのなら十分に気をつけて」

セイルラオの忠告を踏まえるのなら、彼の行動にも意味があるのかもしれない。

まさか帝都にバイレッタを足止めするために、あの嘆願書を提出したのだろうか。

バイレッタが動かなければ、義父も動けないことを見越されていたのだとしたら、その目的は一つだ。

その客が領地に着いて好き勝手するのを止めないように？

もしくは、その客が原因でスワンガン伯爵家が取り潰されるような事態になるということだろうか。

バイレッタは背筋がすっと冷えるのを感じるのだった。

第二章　迷惑な客と白い死神

工場立ち退きの嘆願書は、無事に棄却されたらしい。

よほど脅しが効いたのか、彼らは決して問題があるとは報告しなかったと、秘書のドレクからもエミリオからも聞かされた。手を出さなくていいと言ったのにエミリオも一仕事してくれたようで、わざわざ報告にやってくるほどだった。

ドレクはケベッツ伯から無事に綿花の売買に関する契約を取り付けてきてくれた。

これで原材料は無事に確保できたわけだ。

ひとまず工場のほうは落ち着いたので、かねてより義父から依頼のあったスワンガン領地へと赴いた。

スワンガン伯爵家の領地は帝国の東側にある。隣国ナリスとの国境に接した山間に広がるため、帝都よりもやや標高は高い。夏は避暑地として利用され、冬は雪が降るものの温泉場を目当てに湯治にやってくる者が多い。そのため、帝都からいくつかの道はきちんと舗装され、馬車で三日もあれば着く距離になる。

そうして重苦しい空気に包まれた馬車で、バイレッタたちは帝都から五日かけてスワンガン領地に向かうことにした。ひとえに、道が除雪されているとはいえ雪と氷で通行に時間がかかるからだ。季節は冬なので、街道も通れるように工夫しているといっても夏場ほど快適に往来できるようにはなっていない。

出立の朝に、義父はアナルドの姿を認めると勢いよくバイレッタを睨み付けた。なぜいるのかと訴えかけるような無言の圧力を感じた。いや、ばらしたのかと言いたかったのかもしれないが、どちらも大差はない。

不機嫌な義父に、寡黙な夫。馬車の中の空気は惨憺たるものだったが、さすがに五日もいれば慣れる。

順応力の高い自分にすっかり感心したものだが、叔父から話を聞いていたので極力急がせた結果、領主館に着いたのは予定より一日早い今日の夕方だ。

苦労して辿り着いたというのに、すでに帝都に帰りたくなった。眩暈をこらえつつ、バイレッタは目の前で頭を下げる男――ゲイルを見つめる。赤みがかった茶色の髪は帝国どころか大陸でも見慣れた色ではあるけれど、彼の色は落ち着いているように感じられた。帝国歌劇の騎士は役者であるからやはり華やかだが、目の前の彼には騎士としての経験に裏打ちされた実績がある。内面が滲み出ているのだろうか。

「お久しぶり、という感じがしませんわね。わりと頻繁に領地に顔を出しているからでしょうか」

バイレッタは乾いた笑いとともに挨拶を口にするも、恐縮するゲイルは微動だにしない。

もちろん隣に立つアナルドは安定の無表情だ。なんの感情も読み取れないが動く気配もない。仕方がないので、見ないふりをしていたことから、現実を見つめる。

「で、あちらはなんでしょうか」

領主館の来客用の食堂では冬にもかかわらず盛大に生花を飾った広めの長テーブルには真っ白なクロスがかけられ、所狭しと料理が並べられている。その中央に陣取った青年は、十人ほどの華やかな衣装をまとった女性を並べてご満悦だ。酒の入ったグラスを呷(あお)ってぷはっと息を吐いた。

豪華な金色の髪に、真っ青な瞳がきらきらと輝く。派手な色合いの華やかな青年だ。涼しげな顔立ちだが、自信に溢れていて存在感が半端ない。

「本当に申し訳ありません」

「ゲイル様に謝っていただく必要を感じませんけれど」

ゲイルは帝国の東隣のナリス王国で、重機部隊の元補給部隊長であった騎士だ。ナリスはスワンガン領地と接しているため、行き来はしやすいがほぼ交流はなかった。

けれども、諸事情からスワンガン領地の穀物泥棒だった彼を許す代わりに、領地の水防工事の責任者として働いてもらっている。ゲイルが率いていた一個小隊も同様だ。

そんな彼がこうして頭を下げている理由がバイレッタにはわからない。

「従弟(いとこ)なんです」

「従弟?」

「母方のほうの、厄介な血筋の――」

ゲイルの母は王妹(おうまい)だと聞いている。それはつまりナリスの王家に連なる血筋ということだろうか。しかし自国の王族を厄介と言わしめるのは不敬に当たらないのだろうか。一方では納得できるのも確かだ。目の前の光景が物語っているのだから。

「それがあんなに乱痴気騒ぎを……」

帝国の皇族すら利用する領主館で、ここまで派手な宴(うたげ)を催したことはない。客人を迎える時はたいてい、温泉場にある迎賓館を使うからだ。こちらに温泉を引いていないので、実務的な客しか呼ばないということもある。

そのため館を管理する筆頭執事のバードゥの顔色は、青を通り越して白くなっていた。横暴さが、これまでの客の比ではないことが窺える。

なるほどセイルラオが叔父に忠告していた厄介な客というのが彼なのだろう。確かに血筋を見れば厄介かもしれないが、だとしてもスワンガン領地はく奪に直結するとはどういうことだろうか。

彼がスワンガン領地に文句でもつけるつもりで、乱痴気騒ぎを起こしているということか。

「あんなやつじゃなかったんですが。アル様、いい加減にしてください！」

「ゲイルこそ、なんだ、そんな呼び方をして。私に命令するのか」

「命令ではなく、お願いです。それに、貴方は今、一応お忍びなんでしょう。身分がばれるような敬称をつけてなんて呼べません」

お忍びの定義を疑いたくなるほどの騒ぎに、バイレッタは胃痛を覚える。

だが青年ははっとしたように大きく頷いた。

「む、そうだった。そうだった。お、そこの女、酌を代われ！」

バイレッタに目をつけた青年がにこやかにグラスを差し出した。

彼は先ほど、お忍びを理解したのではなかったのだろうか。

「やめてください」

「なんだ、ゲイルの恋人か？　こんな堅物やめて、私にしておけ。そうだな、第五夫人くらいなら――」

バイレッタの見た目と噂から、夜会でもよく告げられた言葉だ。皆が皆、愛人の地位さえ与えておけば満足だろうと横柄な態度でおざなりに誘ってくる。力づくで寝所へと連れ込まれそうになることもあるので、それなりに腕に覚えがあるバイレッタは適当に対応している。さすがに王族相手に危害を加えるわけにはいかないけれど。

さて、なんと言って断るべきかと思案するが、すぐに思考を中断させた。

「俺の妻なので、諦めてください」

それまで静かにバイレッタの横に立っていたアナルドが不快そうに低い声で告げた。

しばらく休暇が得られたからと、帝国歌劇を観に行った際に宣言していた通りにバイレッタと一緒に領地についてきた。目的は妻ではなく、領地の運営にしてほしいとバイレッタは遠い目をして思う。

ちなみに領主たる義父はこの惨状を目撃した途端に、自分たちになんとかしろと命じてさっさと逃げている。夫が残ってくれているだけありがたいということだろうか。バードゥは義父について行ってしまったので、この場で一番立場が上なのはアナルドということになる。

「んん？　なんだ。私に望まれるなんて名誉なことなんだぞ」

「ああ、すみません。若様、ほんと言い聞かせますから、今回は勘弁してください」

ゲイルが恐縮したように言った。

「若様というと、軍人になったとかいうここの領主の放蕩息子か」

青年には言われたくないだろうと思うが、アナルドは特に気にする様子はなかった。

青年の決めつけた言い方に、一瞬バイレッタの柳眉が上がっただけだ。

ナリスは騎士爵を設けているが、それでも地位は子爵や男爵程度だ。軍人というとそれ以下であるという認識があるのだろう。帝国でもほとんど平民で構成されている軍人の地位が高いとは言えないが、それなりの権力を有している。放蕩息子扱いされる謂れはないのだ。

青年はおもむろに立ち上がって、大股で近づいてくるとまじまじとアナルドとバイレッタを眺めた。

「なんだ、人形のように整った顔をしているんだな。女なら一緒に妻に迎えてやったのに、男か」

残念そうに顔を曇らせた青年は、素直なたちのようだ。王族にしては単純ともいえる。バイレッタよりは年がいくつか上に見えるが、見かけよりはずっと幼そうに思えた。

対してアナルドの反応は無言だ。無表情であるのが、なお怖い。

彼は顔の造作を指摘されるのを何より嫌っていたはずだが、怒り心頭で表情が抜け落ちたかのようだ。

「女よ、名前は？」

きらきらとした瞳を向けて、にこりと笑う顔に邪気はない。なんとも毒気を抜かれてバイレッタは思わず脱力してしまった。

「バイレッタと申します」

思わず答えてしまえば、アナルドとゲイルが慌てている。

「俺の妻に構わないでください」

「アル様、おやめください」

両脇から二人に庇(かば)われる形になったので、不思議な感じがした。夜会に出ていてもこんなふうに相手を窘(たしな)める者などいなかったからだ。

「うむ、バイレッタか。異国情緒溢れる名前で、素敵だな。お前の神秘的な紫水晶のような瞳によく似合っている。私の側仕(そばづか)えを許そう」

「ありがたいことですが、私には分不相応なので謹んで辞退申し上げます」

「なに、そんなに硬くならずともよいぞ。早速、酒を注(つ)いでもらおうか」

嫌みが全く通じていない。王侯貴族など権力者に侍ることを名誉ととらえている節があるので、本気で嫌がっているとは思ってもいないのだろう。

バイレッタが困惑で固まっていると、ゲイルが強めに割り込んだ。

「本当に、失礼ですよ。それに領主一家には敬意を払うべきです。ここはナリスではありませんからね」

「うむ、なるほど。私はアルレヒト。よきにはからってくれ」

ゲイルの言葉を受けて、青年が傲然と命じたのだった。


領主館のサロンでバイレッタがお茶を飲んでいると、疲れた顔をしたゲイルがやってきた。

騎士として訓練を積んできた彼は体力があるほうだ。いつもきちっと制服を着こなして颯爽としている。だから、これほど疲労感漂う彼は珍しい。よほど辛かったのだろう。

「お疲れさまです、ゲイル様。アルレヒト様はどうされました」

「酔って寝てしまったので、部屋に放り込んできました。本当に申し訳ありません」

「なんとも豪快な方ですわね」

他に言葉が見つからない。

バードゥに話を聞けば、彼はやってきたその日の夜から騒いでいたらしい。本日は昼すぎからあの乱痴気騒ぎを始めており、現在は夕食前の時間である。バイレッタはここで夕食までの時間、移動の疲れを癒やしていたのだが。酔いつぶれて寝てしまったということは随分な行いだ。

バイレッタはゲイルに目の前の席を勧めると、用意されていたカップにお茶を注いで目の前に置いた。

ゲイルは苦笑しながら、席に着く。

ちなみにバイレッタがアルレヒトの前にいると、いつまで経っても彼が騒ぐので強制的に退出させられたので、あの宴会場がどうなっているのか知らなかったというのもある。

「すみません。あいつは三男なので昔から自由奔放ではあったのですが……私が向こうにいた頃は東方交易の担当で、東にいたんです。それがなぜこんなところにいるのか。先日単身で突然訪ねてきて、それからはもうやりたい放題で。お目付け役の従者がいないから、誰も止められないんです」

ナリスは近年、東との交易が盛んで、文化交流も進んでいると叔父が話していたのを聞いたことがある。その交易担当があんなに軽い青年で大丈夫かと心配したが、余計なお世話というものだろう。

「今、祖国に問い合わせているので、すぐに迎えが来るとは思うのですが」

「お一人でこちらに来られたのですか？」

仮にも王族が供もつれずにふらふらすることがあるのか。

この帝国では考えられない自由さだ。皇帝や皇子たちがそんな単身でふらふらしていることなど聞いたことはない。

驚きつつ尋ねれば、ゲイルはほとほと弱ったというように苦笑する。

「頭が痛い話ですが、放浪癖があって。昔から甘やかされた立場で、責任感にも乏しくて。身軽だからとふらふらするんですよ」

ゲイルの言葉からは苦労が窺えて、バイレッタは同情した。バイレッタには従弟がいない。親戚付き合いもないので、想像するしかないが大変なのだろう。

「あいつの兄たちは少し年が離れていて、昔から私がお目付け役のようなことをしていたので気やすいのだとは思いますが。それにしても今回はやりすぎですからね」

「仲が良さそうなのは羨ましいことですわね」

「結局、私も甘いのでしょう。ですが、何かされたら容赦なく撃退してください。不敬罪など考えなくてもよいですから。自身を守ることを最優先でお願いします」

いつになく真剣なゲイルの様子に、バイレッタは戸惑いつつ頷いた。

それを確認してあからさまに安堵されれば、よほどアルレヒトは手が早いのだろうと推測される。

「あいつは本当に女遊びだけは昔から派手で……東国に行ってさらに助長したようなんですよね。くれぐれも気をつけてください。ところで、若様はどちらに？」

「義父（ちち）のところに。報告と今後の対応を聞いておられるようですね」

バイレッタが行こうとすると、珍しくアナルドが率先して義父のところに向かうと言ったので、任せてある。

なにやら腹に思うことがあるらしい様子で去っていったが、あちらの親子は大丈夫なのかと心配ではある。

義父は息子を苦手としているし、アナルドは口数が極端に少ない。

あの二人が会話らしい会話をしているところをほとんど見たことがないほどだ。

「そうなのですね。では、私もそちらに伺いましょう。できる限り見張るようにはしますが、もう少しだけよろしくお願いします」

ゲイルは頭を下げて、そのまま部屋を出ていった。

「おい、無言で立っていないでなんとか言ったらどうなんだ」

やってきた時から無表情のまま黙り込んだ息子を見やって、ワイナルドはため息をつくのをなんとかこらえた。

◆ ◆

領主館の執務室は、自分にとっては砦(とりで)のようなものだ。

ゆったりと座れる居心地のいい椅子に、光沢のある執務机。左右には本棚が並び、右側に応接セットが置かれている。落ち着いた色合いの毛足の長い絨毯は、秋頃に変えたばかりだ。

だというのに、見慣れた執務室が息子のせいで随分と様変わりしているように感じられる。

先ほど突然乗り込んできたアナルドは執務机の前まで来ると、立位のまま静止している。

横ではバードゥがはらはらとした表情で見守っていた。

妻と出会うまで基本的に無表情だった息子だが、最近になってようやく喜怒哀楽が読めるようになってきた。

これまではあまり近寄らなかったからだろうか。

昔からこれほどあからさまにわかっていればもう少し違った親子関係が築けていたのかもしれない。いや、それも感傷か。そもそも息子の妻のせいで彼は変わったのだというのはよく理解している。

無関心、無表情を基本としていて、何を考えているのか得体の知れなかった息子は、存外、わかりやすい男だった。

今は驚くほどに怒っているのだが、だからといって鬱陶しいことに変わりはない。いつもなら間に立って緩衝材になってくれるはずの息子の嫁がいないので、不承不承ワイナルドが声をかけることになる。放っておきたい気持ちはやまやまだが、ずっと居座られるのも腹立たしい。

彼のおかげで馬車の旅は随分と窮屈な思いをさせられた。忌々しい日々を思い出して、少しは自分の心労の一部でも感じろと言いたい。むしろいい気味だ。

「領地はく奪などという噂が流れているのはあの客のせいではないですか？　ならば一刻でも早く追い出せないものですかね」

ようやく口を開いたかと思えば、愚かなことを言うものだ。

ワイナルドは短く息を吐いて、断じる。

「領主館にわざわざ居座ってる客だからな。なんの目的で居座っているのかはわからんが、基本的には国賓扱いだ。追い出したいならば、あの元騎士にでも言え」

領主館に泊まれるのは、皇族や高位貴族だけだ。それも事前に連絡を受けて、整えた上で長期滞在になる。滞在中には宴などを設けるが、会議や視察などの仕事の一環としてやってくるので騒ぐことがない。温泉場のある迎賓館に向かう者たちは療養目的なので多少は羽目を外すこともあるだろうが、突然やってきて女性を呼びつけ、宴を開くなど前代未聞ともいえる。

バードゥはしきりに品位がと、呻いていた。

そんな傍若無人な客など、血縁者に任せるに限る。

つまりゲイルである。

「間男に頼むというのも業腹ですが」

「そんなこと、儂が知るか」

息子の心情などおもんぱかる必要を全く感じないので、あっさりと告げればようやく視線を向けてきた。

亡き妻と同じエメラルドグリーンの瞳は、驚くほどの熱量を孕んでいる。冷めた光ばかり見せつけてくるから苦手に思っていたのを思い出しながら、顔を顰める。

本当に呆れるほどの嫁馬鹿になり下がったものだ。

亡き妻と恋愛結婚であった自身のことは棚に上げて、ワイナルドはしみじみと心中で独白した。

そんな折、入室の誰何が問われた。

「失礼します」

断って部屋に入ってきたのはゲイルで、律儀な男はきっちりと頭を下げた。

「アルレヒト殿下がすみませんでした。現在、本国と連絡をとっていて、迎えが来ると思いますのでしばらくはご容赦願います」

「儂たちも慈善事業ではないから、しっかりと金銭を請求させてもらうが」

「それも伝えてありますので、損害分も含めて請求してください」

覚悟の上だったのか、ゲイルが力なく笑う。

「バイレッタには近づかないように忠告してください」

すかさずアナルドが言った。

「それは告げたのですが、どうやら変に興味を持ったようで……貴殿にも気をつけていただけるとありがたいです」

「どうして興味を？」

「私が彼女をかばいすぎたのがよくなかったのか、どうにも曲解されてしまったようです」

「余計なことを」

「申し訳ありません」

「そもそも、バイレッタは俺の妻です」

「ええ。よくわかっております」

「気やすいからと言って、勘違いしないように。まあ妻が可愛すぎるところが問題だとは理解していますが、それは周りが気をつけるべきであって彼女の不注意ではありませんから。いや、やはり妻にはもっと警戒心を持つように忠告すべきなのか」

真面目腐って愚かな言葉を吐く息子を、ワイナルドは苛立ちとともに見つめる。だが、対するゲイルも同調するように大きく頷いているから始末が悪い。

「それは、確かに。バイレッタ嬢は気を許すとどうしても警戒心が薄くなるようですので。ですが、今回はこちらが悪いので本当に申し訳ない」

嫁に対して狭量な息子はどうにも不機嫌のまま言葉を重ねるが、ゲイルの態度は一貫している。恐縮して謝罪のみだ。だが、会話の内容がおかしいことに気がつかないのだろうかとワイナルドは苛立った。

「しっかりしているように見えて、存外隙が多いですからね。まあ、そこが妻の魅力の一つではありますが。そうですね、注意するようにしましょう」

「そうしていただけると助かります。やはり、時折どきりとさせられるので、心臓によくありませんから」

「勝手に心臓を跳ねさせるのは結構ですが、その相手が妻だとはなんとも不快ですね」

「そうですね、申し訳ありません」

「お前たちはここをどこだと思ってるんだ。用が済んだのなら、さっさと出ていけ」

なんの茶番劇を見せられているのか。

ワイナルドは我慢ならずに一喝した。

◆　◆

それからもアルレヒトは連日豪勢な食事を要求し、給仕には十人ほどの女性を望んだ。

東方の国のハレムというものは噂でしか聞いたことはないが、それを気に入っているらしく、所望しているらしい。東方交易の担当としてそこで過度な歓待を受けたようだ。同じことを帝国の一領地で再現しようと考えること自体、どうかと思うが彼にはそれがなぜいけないのか理解できないらしい。

ゲイルが何度諫めても聞く耳を持たない。

ワイナルドは物凄い金額を請求するつもりで、可能なかぎり要求を聞き入れるようだったが、金額を聞いてゲイルが真っ青になっていた。

先の戦で決して裕福とはいえないナリス王国の内情を知っているからだろう。

そんなアルレヒトは、バイレッタにつきまとった。

朝から呼びつけては着替えを手伝わせ、食事は常に隣を希望し、領主館を歩けば彼に出くわすといった始末だ。むしろ命じられて嬉しいだろうという態度を崩さないアルレヒトに怒りを通り越して呆れる。王族とはこれほど傲慢に振る舞えるものなのか、と。

ゲイルもアナルドも止めてくれるのだが、彼の行動は止まらない。

ある時、廊下を歩いているとバードゥの苦り切った声が聞こえて、バイレッタが部屋に顔を出すと室内の調度品が気に入らないと、アルレヒトがあちこち指示を出して家具を運び出させていた。どこで買い求めてきたのか、もとから領主館にあったものか定かではないが、東方で愛用されている家具などを新たに運び込ませていた。すっかり異国風になった室内の雰囲気にバードゥは頭を抱えているようだ。

領主館を取り仕切ってきた彼は、雰囲気の合わない部屋に眩暈を覚えるのだろう。けれどバイレッタはアルレヒトのセンスに感心した。確かに領主館には全くそぐわないが、この部屋だけを見れば面白いと感じる。

「おお、いいところに来たな。この部屋に似合う調度品はないか」

戸口でバードゥを慰めていたバイレッタに気がついたアルレヒトが、笑顔を向けて近づいてきた。そのまま横に並んで腰を抱かれそうになったので、バイレッタはその手をぱちんと払い落とす。

「不用意に触らないでいただけますか？」

本来ならば遠回しに嫌みを告げるところだが、通じないことが早々にわかったので、もっぱら物理的に撃退している。ゲイルからも許可を貰っているので、遠慮も不要だ。

「挨拶みたいなものだろう、そこまで目くじらを立てる必要もあるまい」

「ゲイル様からも紳士らしい振る舞いを教育するように頼まれておりますので」

「あやつめ……いつまで私の目付け役のつもりなんだ」

アルレヒトに触れられそうになったら、どんな手段を講じてもいいので逃げてほしいとゲイルからはお願いされていた。なんなら武力行使も構わないとまで言われている。

　普段のアルレヒトの素行の悪さが窺い知れるというものだ。

「この前もメイドに嫌がられていたところをゲイル様に注意されたばかりでしょうに」

「あれも軽い挨拶だ」

　懲りない男だなと呆れる。ゲイルの苦労がしのばれるというものだ。

　アルレヒトも慣れているのか、全く気にする様子もなく屈託なく笑いつつ、話を続けた。

「とにかく調度品だ。バイレッタは商人でもあるのだろう？　何かいい伝手はないか」

「そうですわね、そもそもこの家具はどこにあったものなの」

　バードゥに尋ねれば、すぐさま答えが返る。

「管理棟の物置部屋です。随分昔に東方から大使を招いた時に誂えたものだとは聞いておりますが、そちらのほうはすでにご覧になられておりまして、お気に入りのものはなかったようです」

領主館には領主の一家が済む本館の東側の奥に管理棟がある。おもに使用人たちが寝起きしている場所ではあるが、そちらに巨大な物置部屋がある。

「年代ものすぎて、私の好みではなかったな」

アルレヒトが鼻白んで告げる様子からも不満なようだ。確かに家具の配置や置かれた調度品は古風というよりは異国という雰囲気で、今風の流行が取り入れられている。けれど、圧倒的に数が少ない。部屋もどこか寂しげに映る。

古いものだけだと、彼は気に入らないのだろう。

帝都から取り寄せるにしても、異国から持ち込むにしても時間がかかる。その上、今は真冬で交通の便も悪い。街道はすぐに雪で閉ざされてしまうのだから。夏に比べれば格段に時間がかかる。

「いくつか手配いたしますが、あいにくこの地では手に入りづらいものばかりですからお時間をいただきますよ」

「うむ、そうか。それも仕方がないのだな」

「そういえば、こういう布を上からかけるというのはいかがです」

家具を完全に代えることは難しいので、寝台にかけられていた布を掲げてみせた。重厚感のある毛織物で、ナリスでよく見られる柄ではある。ナリスはガイハンダー帝国ほど寒くないので、毛織物といっても薄手のものが多い。これはスワンガン領地館で扱えるように厚手にしたもので、柄はナリスで使われているものと変わりがない。

これを家具にかけてみると、多少は部屋の雰囲気に合っているように見えた。

「そうだな、構わない」

「ゲイル様に以前持ってきてもらった、ナリスの布地があるので、そちらでご用意いたしますね」

「ああ、そうしてくれ。それに置物の手配も頼むぞ。存分に時間をかけてくれ」

顔を綻ばせたアルレビトと対照的にバードゥとメイドたちは鎮痛な表情だ。

彼の滞在が長くなると知ってしまったからだろう。


そんなある日。

どんよりと曇った冬空が、みんなの心持ちを表すかのように湿った冷たい空気を運んでくる。

領主館の前には見送りとして執事頭を筆頭に使用人たちが並んでいるが、どの者にも疲労が窺えた。口数も少なく顔色も悪い。全体的に暗い雰囲気が漂っている。

冬の水防工事は全面的に中止している。雪深い山間などではとても作業ができない。川の水は冷たくうっかり滑り落ちたら死者が出ることは目に見えているからだ。急ぎではないので春になってから再開するつもりだったが、その堤の一部が決壊してしまったと情報が寄せられた。

水防工事の責任者として見に行っていたゲイルが、実際に現場を見てもらったほうが早いと判断したのだろう。

最初は義父に要請したようだが、当然のようにバイレッタに命令が下りた。こちらに来たのは領地の集客問題を解決するためだったと記憶しているが、アルレヒトのこともある。問題が次から次へと勃発しているとバイレッタは文句を言ったが、義父のやれの一言で一蹴されている。

そうして仕方なくバイレッタは朝から出立の準備をし、領主館の前庭に停めてある馬車に乗り込むことになったのだが。

自分は今から死地にでも向かうのだろうか。

そんな雰囲気を醸し出す面々を前に、思わず苦笑した。

「旦那様もついてこられるのですね」

「もちろんですよ」

用意ができている馬車を前に佇(たたず)んでいた夫は力強く頷く。つまり、領主館に残る者は義父とアルレヒトしかいない。

厄介な者を置いていくのかと、縋りつくような義父の視線に納得してしまう。

仕方なく集まった者たちに声をかけようとした時、玄関からやってきたアルレヒトがのんびりと声をかけてきた。

「何をしているんだ？　どこかへ行くのか」

「今から少し視察に行ってまいります」

「お前が？　なぜ？」

「領主であるお義父様から命じられましたので」

「ふうん、剣も嗜めば、領主の代わりに仕事も務める……」

アルレヒトは何かを思い出すように考え込みながら、うんと頷いた。

先日、ゲイルと剣で手合わせをしていた時にもふらりとやってきて、見学をしながらも何かを考え込んでいるようだった。ちなみに彼は剣術がさほど得意ではないらしく、鍛錬もあまりしないということだ。本来一人で出歩いていい腕前ではなく、常ならばかなり腕の立つ従者兼騎士を何人も従えているとのことだった。

だが、勝手にふらふらと放浪してしまい面倒事に巻き込まれているとゲイルは呆れたように教えてくれた。けれど、それで命の危険に晒されたことはないらしい。強運の持ち主だと豪語する主人にはほとほと困っているとのことだった。

考え込んでいたアルレヒトはふむと一つ納得したように首を縦に振った。

「よし、私もついていこう」

「新婚夫婦の邪魔ですか」

当然のようについてくるアナルドが間髪いれずに文句を言うが、内容がおかしい。

案の定、アルレヒトは不思議そうに首を傾げた。

「新婚？　結婚したのは随分前だと聞いたが」

アルレヒトが言う通りバイレッタがアナルドと結婚したのは随分前になる。新婚だと主張する彼がおかしいのだが。

しかし使用人たちのまなざしは一様に期待が籠もっている。

無言で連れていってほしいと切望されているのだ。

確かにゲイルは別の場所の見回りで屋敷におらず、義父がアルレヒトを止めることはない。バイレッタもアナルドもいないとなれば、この暴君を抑える人物がいないことになる。

熱気に押されて、バイレッタは思わず了承してしまった。

「どうぞ、お乗りください」

隣からは冷ややかな空気を感じたが努めて気にしないことにした。

雪がどけてある道を馬車がゆっくりと進む。交通の要所となる場所は丁寧に雪がどけられているので、馬車での往来は可能だ。

静かな馬車の中では、アナルドがバイレッタの横の席を陣取り、彼女の腰に手を回していた。

「あの、旦那様……」

思わず居心地が悪くなって、身じろぎしたバイレッタに、アナルドがにこやかに微笑んでくる。

これまで馬車の中でこんなふうにくっついてきたことはない。

だというのに、当然のような顔をしているからどうすればいいのかわからない。

握られた手をアナルドは口元に持っていって、軽く口づけた。

ちゅっと軽いリップ音が馬車内にこだまして、バイレッタは羞恥心に襲われる。

「どうかしましたか」

それは貴方のほうではないですか！

バイレッタは頭の中で盛大に怒鳴りつけていた。怒鳴り散らさないように歯を食いしばっていた頬にアナルドの長い指が添えられる。優しく撫でる仕草ではあるが、どこか艶っぽい。そのまま顎をとられて上を向かされる。

隣に座っているとはいえ、あまりの顔の近さに息を呑む。状況が理解できない。

どうしてこんなことになっているのだろう。

「あの……やめてもらっていいですか」

「ん、何をですか？」

「ですから……人前で……」

「大丈夫です、問題ありません」

「私を無視するとは随分な態度だな」

断言したアナルドに向かって、向かいの席に座っていたアルレヒトが憮然とした表情のまま告げた。先ほどから痛いほどの視線を感じていたたまれない。

そもそもバイレッタは男女の触れあいが苦手だ。それが人前だとなるとなおさらに恥ずかしくなる。

「あの、アルレヒト様もそうおっしゃっていますし」

背中に回った大きな手に撫でられるだけで、ぞくりとする。バイレッタはそれに気づかないふりをして腕を突っぱねた。それをアナルドはさらに抱き寄せて密着する。

「我儘を言ってついてきて、さらに邪魔をするとは……」

「女に無理強いはすべきでないな」

どの口が言うのかと思わないでもないが、彼の場合は本当にすべての者が自分にかしずくのが当然だと考えている節があるのだから致し方ないのだろう。

「恥ずかしがっているだけですよ。妻のことは夫である俺がよくわかっていますから」

「いえ、全くもってわかっておられないかと思いますが」

「ははは、俺の妻は本当に可愛らしくて困りますね」

だから、貴方にはなんと聞こえているのか本当に問いただしたい！

バイレッタは心の中で絶叫した。

「可愛い？」

現にアルレヒトも首を傾げている。全くもって彼に同意したいが、大っぴらに頷いたところで夫の報復が怖いこともわかっている。

「妻の可愛さを知るのも夫の特権ですので、同意を得られなくても構いません。それで、貴方は何がしたいんですか」

こっ恥ずかしいことを淡々と告げる夫は、不意に瞳に剣呑な光を宿して対面に座るアルレヒトを見つめた。

「なに？」

「ゲイル殿を頼ってきたのは何かしら目的があるのでしょう」

「遊びに来ただけだ」

どこでどう繋がりがあるのかは知らないが、セイルラオはアルレヒトがスワンガン領地に来ることを知っていた。しかも何やら厄介な事情つきでやってくるため、最終的には爵位はく奪に結びつくような爆弾を抱えていることもわかっている。

アナルドもアルレヒトの企み（たくら）を理解しているからこそ警戒しているのだろう。仮にも隣国の王族を追い出すことはできないが、何か意図があるのは明白だ。

あくまでも白を切る様子に、けれどアナルドも引かない。

「スワンガン領地は、温泉を有する。そちらを目的にする者は多いのですが、仕事以外で領主館にとどまる者は少ないんですよ。というより滅多にいません」

「アルレヒト様は温泉については一度も私たちにお尋ねになられていないでしょう？」

アナルドの言葉を引き継いでバイレッタが質問を投げかける。

アルレヒトは何かを待っている。そう感じてしまうのはバイレッタも同じだ。

ゲイルに会いに来たというのもわかるが、それだけが目的ではないのだろう。

もしかしたら、それがスワンガン領地はく奪に通じるのかもしれない。

「存外、お前たちは優しいのだな。わざわざ問いかけてくるとは」

にこりと作り物めいた微笑を向けられてバイレッタだけでなくアナルドも僅かに緊迫した。

王侯貴族は感情を容易く見せることはない。これまで傍若無人に振る舞っていたアルレヒトだが、やはり王族ということだろう。素直で子供っぽい姿も彼の一面であれば、東方の交易担当を任されるほどの実力もあるということか。

単純に血筋だけでその地位についたわけではなさそうだ。

ゲイルに聞いたところによれば、彼はその方面では重宝されていたし悪い話も聞かなかったらしい。順調に交易を進めていたというのも納得だった。

「しかし、話したところで素直に了承するとは思えない……特にお前は厄介なことが嫌いそうだし」

話を向けられたアナルドは無言で、アルレヒトを見つめ返す。

夫は面倒事が嫌いなのではなくて、単純に何事にも無関心であるだけだとは思う。ただこの場合、彼の指す面倒事を放置するほうが問題が大きくなるような嫌な予感に襲われた。

アナルドもそう考えるからこそ、返事をしないのではないだろうか。

「優しいと嫌みをおっしゃるくらいなら、素直になられたほうが楽ですよ」

「ふ、正直者だな。面白い」

バイレッタが思わずつっけんどんに言えば、アルレヒトは瞠目して今度はおかしそうに笑う。本当に屈託がないように見えた。こういうところが、彼を心底憎めない所以だろうか。

ゲイルがつい甘やかしてしまうとぼやくのも頷けた。

「まあ、おいおいだな。そう慌てるな」

ゆったりと告げる彼はどこか自分に言い聞かせているかのようにも見えたのだった。

視察場所に到着して、現場を見回す。当然だが現場は閑散としていてバイレッタたち以外の姿は見えない。作業途中であったようで、必要最少限の資材や工事道具が端に寄せられ布をかけられていた。

「こちらでしょうか」

一ヶ所、不自然に崩れた堤防を見つめてバイレッタは目を眇めた。

「これは応急処置程度ではすみませんね」

報告通りに崩れた場所を確認してつぶやく。亀裂から堤防が崩れ、両腕を広げたほどの穴が開いており、水が流れた跡がある。今はそれほど水量は多くないが、雨が降ればどうなるかわからない。春になれば雪が溶けて大量の水が流れ込むので亀裂はもっと大きくなることが予想された。どう考えても即急に対応しなければならない案件だ。

バイレッタが途方に暮れている横で、アナルドが険しい表情で亀裂を見つめていた。

「どうかしましたか」

「いえ、少し気になっただけです。ここは再度積み直しですか」

「そうですわね、近日中に人を入れなければいけませんわ。この時期に作業をするだなんて頭の痛いことですわね」

川の水は冷たく、触れるだけで心臓まで容易く凍らせてしまうだろう。作業は慎重さを求められる。

もっと早く防寒具を完成させていれば暖かく作業ができるのだが。ないものは仕方がない。

「ゲイル殿が俺に見てきてくれと頼んだ理由がわかりました」

「ゲイル様に頼まれたのですか」

バイレッタは思わずアナルドに尋ねた。

「もちろん、休暇中は妻から離れるつもりはありませんでしたから、ゲイル殿に言われなくても一緒に来ましたよ」

「いえ、そういうことではなく……」

アナルドが一緒に来た理由に自分を優先してくれなくていい。アルレヒトと二人きりというのは精神的に辛そうだが、夫がいたからといって負担が減るわけもないのだから。

だが、ゲイルがアナルドに頼んだとなると話が変わってくる。

単純にアルレヒトの行動を心配していたということではないだろう。

視察を依頼しているのだから、この亀裂を実際に確認したゲイルが何か引っかかったということだ。

「他の箇所に脆いところはないようです。つまり、これは作為的なものを感じますね」

「なるほど、ですからゲイル様は旦那様に見てきてほしいと頼まれたんですね」

「スワンガン領地に恨みを抱いている者は少なくはないですが、こうも続くと何かあるのではないかと勘繰りたくもなります」

確かに、領地は〈奪の噂にしても堤防の破壊にしても嫌がらせにしては悪質すぎる。

「お義父様が何かやらかしたのかしら」

「確認することをお勧めしますが」

「正直に答える方でないことはご存じでしょうに」

思わず恨めしげにアナルドを見やれば、実の息子のくせに彼は他人事のように首を傾げる。

「そうですか」

その澄ました頰をつねってやりたい。

仲が悪いというよりは、お互いに会話が少なく歩みよりがないのだということがわかっているので、この親子にはもっと話し合えと言いたいところだ。もちろん義父が全力で拒否する未来は容易に想像できるけれど。

「ああ、お越しになられていたんですね」

まばらな林の向こうからやってきた一団の先頭にいた者が声をかけてきた。

ゲイルの部下だ。

「隊長は他のところを見て回っていますが、今のところ異常の報告はありませんよ。自分たちが見た範囲でも問題はありませんでした」

「そうですか、ありがとうございます」

「いえ、また隊長からきちんと報告書が届くと思いますので簡単にだけ。そうだ、以前いただいた防寒具、ありがとうございました。これ、凄く評判がいいんですよ。信じられないくらい軽くて温かい」

彼は今着ている外套をぽんぽんと叩いてにかりと笑う。

「冬になる前に一部の作業員に渡したら、その後で来た者たちと争いになるほどで。仕方なく順番で着ることになりました。作業員以外の領民たちからもしょっちゅう聞かれるんです。どこで手に入るのかって」

「そうなんですね。まだ試作品の段階でしたので数が揃えられないし、質もよくないのですが。そのうちきちんとしたものを渡しますね」

「楽しみにしています。そういえば、アルレヒト様がこちらにいらっしゃるとか。隊長も随分と心配していましたが、ご迷惑をおかけして申し訳ありません」

「彼と面識が？」

自国の王子であるならば顔ぐらいは知っているだろうが、男の態度からはもう少し近しい雰囲気を感じてバイレッタは尋ねていた。

「隊長が一時期従者兼護衛をしていましたので、その際に少し」

「何が少しだ。小言ばかり言っていたくせに」

林から出てきたアルレヒトは、顰め面だ。

広がる景色はどこまでも雪であり、寒々しいことこの上ない。目を楽しませるものがないと散策に出かけていた彼もすぐに戻ってきたのだろう。

「ここにはアルレヒト様が好むような女性はいらっしゃいませんが、まだ滞在されるのですか」

「私の心配よりもゲイルのことを心配すべきだろうが。あの浮いた話一つない堅物をこのまま放置していて本当にいいのか」

「隊長は隊長なりにご自身の幸福と折り合いをつけておりますので、余計な気遣いは無用ですよ。それよりこれ以上心労をかけるのはおやめください」

「また、それだ。お前たちは二言目にはゲイルに迷惑をかけるな、と言うがな。私のどこが迷惑をかけているんだ」

「自覚がないところが問題なのでは？」

自国の王子に対しての態度がひどい。

よほど、彼はゲイルに迷惑をかけ続けているのだろう。

いつものことなのか、面白くもなさそうに鼻を鳴らして押し黙ったアルレヒトは、それ以上反論するつもりもないようだ。

「よし、お前らあと半分だ。続けるぞー」

「へーい」

アルレヒトに向けていた渋面を引っ込めて笑顔になると、ゲイルの部下はそのまま背後の男たちを連れて見回りに戻った。

「彼らにも貴女のところで作った外套を配ったのですか」

いなくなった後に、アナルドが尋ねてきたので頷く。

「貴族派の華やかな夜会用ではなく現場で働く方たちに実際に使用してもらって使用感を聞いているのです。力仕事は一番大変ですからね」

「なるほど。では俺の分もあったのではないのですか？」

「……あれは水防作業用の外套ですから、旦那様が着られるのとは用途が異なりますね。それに軍の装備品とは少し加工を変えています。軍用は冬の行軍を想定して、防寒、防水だけでなく防刃にも対応できるようにしますから」

まだ根に持っていたのかと若干呆れながら言い聞かせれば、アナルドは不服そうにふうんと声を漏らした。

「でも軍からも要請されているのですよね。ということは俺の軍服によく合うはずだったのでは？」

「確かに軍用にいくつか開発した試作品もありますが、満足のいくものは数点だけなのです。他の物は廃棄処分にしておりますから。それぞれを見本として各部署に置いて大量生産を計画しているので旦那様にお渡しするものはありません。大量生産に必要な材料も揃っていないので、軍に納品できる分はまだまだ先になりそうです。お待ちいただくしかありませんわね」

そんなに外套が欲しいのだろうか。言わないだけでめちゃくちゃ寒がりだとか？

納得のいかないようなアナルドの様子に、バイレッタは戸惑うばかりである。

「そんな凄い外套をあいつらに？　無駄に餌を与えるのは感心しないな」

面白くもなさそうに、アルレヒトは一団が去ったほうを睨み付けながら告げた。

「アルレヒト様は、よほど彼らに嫌われているようですわね」

「ゲイルの腹心だ。こんなところまでついてきているとは思わなかったが。それ以外にもちらほら見知った者たちがいたな。会うたびにゲイルに迷惑をかけるなと言い続けてきた、いけ好かない連中だ」

「それだけ、ゲイル様の人望が篤いということでしょうね」

「バイレッタも随分と慕われていたようだが」

「支給品の着心地がよかったからでしょうか。お礼を言われたくらいですわ」

「あいつらはゲイルを顎で使うなとか、王族が我儘を言うなとか、女性には優しくしろとか散々説教してきた者たちだ。感じが悪かったが、バイレッタの前だと異なるんだな」

「それほどですか」

きっと理由はアルレヒトのせいだろうが、バイレッタはそれ以上告げるのは憚られた。

「ふん、まあいい。今は気分がいいから見逃してやる。だが、本当に綺麗なところだな」

彼は周囲を見回して素直に言葉を吐いた。

見るものはそれほど変わらない雪景色ではあるが、彼には違ったように感じるらしい。

少し先に行けば小高い丘から氷と雪に覆われた湖や山々が見渡せる。土地の者たちには見慣れた景色も他国から見ればまた違った趣があるのか。

「少し前までは東にいて、あっちは砂が多くてな。いつの間にか服の中に入り込むんだ。髪にも絡まるし、どれほど気をつけていてもあっという間に砂だらけになる。それに暑くてかなわなかったが、こちらはかなり寒いな。これほど雪が多いとも知らなかった。ナリスはどちらかといえば雪が少ない。山を一つ挟んだだけで随分と様子が異なるとは知らなかったな」

「スワンガン領地は帝国のやや北寄りですから。けれど、帝都よりは少し寒いくらいなものですよ。南はもっとナリスに近い雰囲気ですかね。草原地帯ですが暑いですよ」

アナルドが穏やかに相槌を打った。外套の件はひとまず彼の中で折り合いがついたということだろうか。

「ああ、そうだろう、本当に帝国は広いな。もう少し西に行けば海もあるんだろう」

「ありますが、海ですか？」

あることはあるが、漁港と貿易港であり、観光地になっているのは随分と南西に位置する一部だ。帝都からもスワンガン領地からも離れているためバイレッタには馴染みがない。

思わずバイレッタが口を挟めば、アルレヒトは楽しげに表情を和らげた。

「ほら、わが国は内陸で海がないから。昔から海にあこがれて北海まで行ったんだが。実際に――」

だが彼は言いかけて、気まずげに言葉を切った。

ナリスの隣といえばヤハウェルバとアミュゼカだ。ヤハウェルバとは夏頃まで揉めていたので、彼が指す海とはアミュゼカのほうだろうか。北海は冬は黒く冷たいが、夏の時期には美しい浜辺を望めると聞く。幼い頃からあこがれていたのなら、感動もひとしおだろう。

「ゲイルは頑固だが、面倒見のいい男で。私としてはそちらの夫よりずっとお勧めだ」

急な話題転換に、バイレッタは内心で不思議になった。

どうにも違和感を覚えるが、その正体ははっきりとしない。他国の話に何かまずい情報でもあるのだろうか。

だがアナルドは追及するでもなく、ゲイルの話題に不機嫌そうに鼻を鳴らした。

「ほう、間男の肩を持つと」

「間男だなんて、一番あいつから縁遠い言葉だな」

　はは、と快活に笑ってアルレヒトはバイレッタを見つめる。

晴れ渡った空の青だ。透き通った青は、どこまでも澄んでいる。

「あれは根っからのお人よしでな。芯は強いから軟弱ということはないんだが、まあそうだな、底抜けに人がいいんだ」

　たぶん慕っているのだろうが、褒め言葉にしては微妙だ。

　普段バイレッタの噂話は碌なものがないので、それに比べればましかもしれないが当事者がいないという点で適切な話題とも思えない。なぜそんな話をするのかと訝しむ。

「だから、押しに弱い。強く出られると結局は従ってくれるんだ。私は自国にゲイルを連れ帰りたい」

「それはゲイル様に問われてください」

　ぴしゃりとバイレッタは撥ねのけた。だが、アルレヒトは気にもせずに続ける。

「あの男は忠犬なんだ。恩は返さなければならないと考える。主がいないところに、大恩を受けてそのまま知らん顔して国に戻るような薄情者じゃない。それが、惚れた女ならなおさらだ」

バイレッタは答えなかったが、確信を込めた瞳は揺るぎがない。

「知っていただろう。あの男は生真面目だから、きちんと伝えているはずだ。ナリスの騎士は元来高潔だしな。人妻に懸想しているだなんて黙っていられることでもない。最近は堕落している者もいるが、あいつは違うから。それでゲイルの気持ちを知っていて利用しているのなら大した悪女ぶりだ」

ゲイルが自国に戻るつもりがないと聞いた上で、スワンガン領地の水防工事の責任者を任せた。断ってもいいと前置きはしたけれど、確かに義理堅い彼ならば断るという選択肢はなかったかもしれない。

ゲイルを弄ぶつもりはないが、傍から見れば見え方も違ってくるだろう。第一、バイレッタの悪評はとどまるところを知らない。

血縁者ならばなおさら、心配なのかもしれない。

「叔母上も気を揉んでいてね。連れ帰るようにお願いされているんだ」

「それは――」

「妻に問うのはやめてください。どう考えてもお門違いだ」

「ふふ、一応私も交易に携わっていたからな。情報収集の大切さは知っている。根回しの必要性もだ。だから調べたんだ、お前たち夫婦のことを。こちらの社交界では不仲は有名らしいじゃないか。夫は妻を長年放置していて、妻は好き放題男たちの間を渡り歩いていたんだろう。最近はまた『閃光の徒花』だなんて面白いあだ名をつけられているようだが」

「『閃光の徒花』ですか？」

「どれに関しても全く身に覚えはありません」

アナルドが不思議そうに繰り返した横で、バイレッタはきっぱりと断言する。

普段はあまり否定しないが、今回ばかりは力いっぱい否定してしまった。悪女も毒婦も事実無根だが、二つ名だけは受け入れるわけにはいかない。

「火のないところに煙は立たないというがな。大人しく一人の男の妻に納まっているタイプでもないだろう。退屈しているのなら、ゲイルとともにナリスへ来ればいいと思ったんだ。何より、我が国は今、ハイレイン商会が力を入れて商売をしているところだしな」

叔父が経営する商会の名前が出てきて、バイレッタは身構えた。

確かに、叔父からその話は聞いているし最近は頻繁にナリスと帝国を行き来している。だとしても自分が行く理由にはならない。

「商売が好きなんだろう？　ナリスでもその手腕を生かせばいい」

視察を終えて、帰路についた馬車の空気は重苦しかった。

行きとはまた異なる緊迫感を孕んだ馬車内で、バイレッタは対面する二人の男の様子を窺う。アルレヒトは泰然としているように見えて、どこかアナルドの様子に怯えているようだ。馬車に乗る前はしきりにバイレッタをナリスに誘っていたくせに今はぴたりと口にしなくなった。

正直、他国での商売は心惹かれるものがある。

けれど、ナリスは叔父が手を出しているところではあるし、帝国内の商売もまだまだ伸びしろを感じていて面白い。その選択肢を選ぶことはあるかもしれないが、今ではない。

何よりゲイルの意思ならばともかく、周囲が彼を無理やり連れ帰るのはしてほしくないとも感じる。今、ゲイルに水防工事の責任者から降りられるのも困るというのも本音ではあるが。

しかし我を通すのが当然だと思っていそうなアルレヒトが全く話題に出さないというのはかなり不自然ではある。

自分の知らないところで何かがあったのだろうか。

アナルドはアナルドで、無言のまま、ただ一点を見据えている。

そんな中、がたんと馬車が揺れた。不自然な揺れは小石を撥ねたとか悪路だからではないようだ。

一瞬にしてアナルドの顔に警戒が浮かぶ。

さすがは軍人だ。体勢を崩したバイレッタを腕に抱きかかえて、馬車の外に目を走らせている。

急に停車したため、そのまま二人で後ろの背もたれに勢いよくぶつかった。柔らかいクッションのおかげで衝撃はそれほどではない。だが前に座っていたアルレヒトは顔面からバイレッタの横の座面に向かって飛び込んできた。そのまま座面に顔面を強打したらしく、ふぎゃっと何かが潰れるような音が響いた。

「すみません、何かを撥ねたようです」

御者が外から声をかけてくる。馬のいななきと興奮しているような声が合わせて響いた。

アナルドはバイレッタの顔を覗き込んだ。

「大丈夫ですか」

「ええ。ありがとうございます」

「少し、ここにいてください。外の様子を見てきます」

「おい、私のことも気遣え」

打ち付けた顔を撫でながら、上体を起こしたアルレヒトがぷんすか怒りながら告げてくる。アナルドは一瞥して、無言で外に出ていった。

「無視するとは不敬なっ」

止める間もなく、アナルドを追いかけてアルレヒトが馬車の外へと飛び出す。

「ちょっ、大人しく――」

バイレッタが慌てて手を伸ばせば、アナルドがアルレヒトの頭を押さえて、馬車の壁に押し付けていた。

え、どういう状況？

「な、何をする、無礼者めっ」

「静かにしてください」

アルレヒトの耳元にそっと囁いたアナルドは、無表情だったが有無を言わさぬ迫力があった。あまりの真剣さに、さすがのアルレヒトもただ無言で頷いている。

「出てこないように、いいですね」

アナルドが短く命じて、アルレヒトを馬車に押し込んで扉を閉めてしまえば再び、重苦しい沈黙が落ちた。バイレッタは息を殺して耳をそばだてる。

アナルドは御者と短く話して車輪などの様子を確認しているようだ。別に誰かに襲われるというような気配はなかった。

こんな時期に領主の馬車を襲うだなんて、確かに自殺行為ではある。スワンガン領地の冬は厳しくいくら街道で待ち伏せするといっても限度というものがある。馬車の中ですらコートを着込まないと寒いというのに、外で待っている間に寒さで凍えてしまう。

だが自然な事故というには何かの作為を感じなくもない。

気のせいだといいのだが。

「なんというか……」

警戒しているバイレッタに対して、アルレヒトはやや頬を赤らめて茫然とつぶやいた。

「男にしておくにはもったいない色気だな」

この状況で何を考えているのかと若干呆れないでもないが、バイレッタは言葉を賢明に呑み込むのだった。

アナルドが短時間で見回って戻ってくると、ゆっくりと馬車は動き出した。なんでもなかったと告げる夫の言葉に頷けるはずもない。だが話したくないのか、それ以上は口に出さずに、帰路につく。

領主館に戻ってきて、自室でくつろいでいるとアナルドがようやく口を開いた。

だが、その内容は不穏な話だった。

「アルレヒト様が、命を狙われている？　まさか、それがスワンガン領地はく奪に繋がるのでは？」

仮にも隣国の王族が領地内で殺されれば、確かに戦争ものだ。処罰は免れないだろう。爵位はく奪も十分に考えられる。

だがなぜセイルラオはアルレヒトの命が狙われていることを知っていたのだろうか。

疑問は尽きないが、目の前のことに集中しなければならないということも理解している。

「警告かもしれませんが、何者かに狙われているのは間違いがないようです」

「ただ遊びに来ただけではないということですね」

確かに彼はゲイルを連れ戻しに来たと白状はしていたが。それだけではないのだと感じる。

「なんの目的があってこの国に、というかゲイル殿のところに来たのかはわかりませんが。それは彼らの問題であって、こちらには関係がないことです。とにかく、しばらく彼に近づくのはやめてください」

「別に近づいているつもりはありませんが」

悪女だ、毒婦だと噂されているが、用事がない限り自分から近づくことはほとんどない。

アナルドはふむ、と小さく頷くとにこりと微笑んだ。

バイレッタの項(うなじ)が久しぶりにぴりりとする。

よくない予兆に、知らず息を呑む。

「この部屋に閉じ籠もっているのは嫌ですか」

「仕事がありますから。こちらには別にアルレヒト様のお世話をしにきたわけではありませんし。嘆願書の解決に向けていろいろと下準備がいるのですわ」

「父からの仕事なら俺が中継ぎをしますが。それとも、隣国に誘われたことが嬉しかったですか」

「どういう意味です？」

「貴女の商売人としての才覚を認められたようなものでしょう。浮気はしないようにお願いしましたが、存外俺の妻は忘れっぽいようだ」

それは、アナルドがこの前、戦地から戻ってきた時の夜のことを言っているのだろう。確かにそれと似たようなことは言っていたが、決して頷いたわけではない。

「頷いた覚えはありませんが。そもそも一般的な浮気には当たりません。貴方の浮気の定義は局所的で現実的ではありませんから。そんな横暴すぎるお願いでしたでしょう？　まさかとは思いますがご自覚がないのかしら」

普段であれば、こんな棘のある言い方などしない。いや、相手を怒らせるためならば使うが、恣意的だ。わざわざ波風立てなくても。勝手に怒るからやりすぎないように注意はするが。

だが、夫にそれは通用しない。バイレッタの感情を見透かして先手を打ってしまう夫には、何を告げたところで好き勝手されてしまうのだから。

聞き入れてもらえないのが悲しいのだろうか。それでも唯々諾々と従うような優しい夫など想像もできないのだから、自分は難儀な性格なのだろうなと呆れる。

優しいだけなら、それこそゲイルを夫にすれば穏やかな夫婦生活を築けるだろう。

お互いを労り思い合って優しく平穏な生活を。

きっと喧嘩になんてならずに、口論さえないかもしれない。

こんなにイライラさせられることもないだろう。

彼に思いを告げられた時に、ゲイルに自分のような悪女のレッテルを貼られている相手は申し訳ないと考えたのは嘘ではないけれど。優しさとか穏やかさだけでは物足りないと思ってしまったのも本当のことだ。

厄介な相手が夫になったものだと苦笑する。それと同じだけ、自分の趣味の悪さにも呆れる。恋愛未経験でどちらかといえば苦手分野で、初めて肌を合わせた相手だから絆されているのか。にしても限度があるのではないだろうか。

自身には常に問いかけてしまうけれど、結局は許してしまっている愚かな女の部分に、反発してしまうのも事実だ。

強い自分でありたい。悪意に晒されても背筋を伸ばしてまっすぐ前を向いて。それがバイレッタの矜持だから。

だからこそ、アナルドの一方的なお願いを聞き入れる理由もない。

じゃじゃ馬だのひねくれているだのと散々言われるけれど、それがバイレッタなのだから。

だがアナルドにとっては意外な言葉だったらしい。珍しく瞠目して、視線を横にずらした。

「ふむ、そうですね。夫というのは愛妻には自分以外の男を見てほしくないと願うのは当然だと聞きました。実際、貴女が彼と一緒にいるところを見ると不快になりますし。まあ彼だけではありませんが。俺の妻は本当にいろんな男と仲がいいですからね」

「そんな記憶はありませんけれど」

異性と仲がいいと言われたところで、バイレッタには全くもってそんな気はない。

「父を筆頭に、バードゥやドノバンにすら愛想がいいですから」

思ってもいない名前を出されて、今度はバイレッタが目を剝いた。

「なんですって？」

使用人まで数に入れられれば、本当に街を行き交う男性全員に色目を使ったとも言われそうである。

思わず頭を抱えたくなる事態に、放置していい問題ではないと気づく。

「旦那様は、妻が信用できないとおっしゃるのね。ならば、そう考えておられればいいのよ」

子供の癇癪のようなものだろうか。

ムキになって、意地を張って。

いつもなら聞き流せるし、それなりに対応できるのにアナルドに言われると、思わずカッとなってしまう。

動じない彼の態度が単に不愉快だというだけかもしれないが。

「信用していないというよりは、事実を述べているだけですが」

「何が事実ですか。根拠なんてまるでないですよ、そんなこと。証明のしようもないでしょう？」

「そうですね、証明と言われると、俺には思い出してもらうしかありませんね。俺の妻だということを。手伝いましょうか」

好意的に捉えようと思えばできなくはない。

配慮があるといえば、あるともいえる。

いや、だがどう考えても理不尽ではないだろうか。

だが、バイレッタは考えるのをやめた。

服越しにアナルドの熱を感じる。それがすべてであるように。

抱き寄せられて、エメラルドグリーンの瞳を覗き込めば、どこまでも愛おしげな光を見つけられるのに。彼の本心が全く見えない。

バイレッタの見てくれは極上なのだと知っている。だが、それだけだ。中身を見て、性格を知ればたいていは苦笑されることも知っている。

けれどアナルドはバイレッタのそんな性格ですら、どうにも思っていないようだ。そういうものだと受け入れている。実際、散々人のことを暴いて、愛していると告げられた。

クーデター騒ぎでバイレッタが拉致されたのを助けに来た、その夜に。離婚して逃げようとした時に、捕まって愛を捧(ささ)げられた。

だから、ずっと聞いてみたいことがある。

けれど、実際に聞いたことは一度もない。

一度も、彼に問いかけたことはないのだ。

本当はずっと彼に問いたいことがあるのに。それに気がついて、だからバイレッタは頑(かたく)なに自身に言い聞かせる。

大丈夫、まだ自分は大丈夫だと。

「愛していますよ、バイレッタ」

心はささくれ立っている。言いたいことはたくさんある。

だが、どれをとっても恨み言になりそうで、愚かな者になり下がりそうで、バイレッタは固く口を閉ざした。

水防現場の視察の結果を義父に報告すれば、事態を深刻には受け止めていないような軽い言葉が返された。

「そうか、なら人を集めろ」

「状況を理解していただいておりますか？」

「壊れているなら春までに直さなければならない。それが作為的なら、見張りも必要かもしれないが、位置的に考えて今後は続かないだろう」

「なぜです」

「嫌がらせならまた違った手を考える。堤防をこの時期に壊すことはなかなか骨が折れるぞ。しかも、馬車の足止めをくらったと？　目的が何にしろ、同じことは続かないと考えるのが普通だ」

「目的は嫌がらせだとお考えですか」

「誰に対しての嫌がらせかは確信が持てないが」

心当たりが多すぎるのだろう。とはいってもバイレッタの夫はただ一人だけを疑っている。

「アルレヒト様ではないかとアナルド様はお考えでいらっしゃるようです」

「ふん、隣国の王族が厄介事を持ち込んだか。だとしたらなおさら、堤防はさっさと直してしまえ。請求書に上乗せしてやる」

「商人以上に、商魂たくましいことですわね」

「お前に言われるまでもない。だいたい、無駄に被害者に仕立て上げられているのだ、当然の主張だろう」

「わかりました」

了承したものの、どこか違和感がある。けれど、言葉にする前に霧散してしまうあやふやなものだ。

「けれど、本当に頭の痛いことですわね。温泉場の客の取り合いを解決するためにこうしてやってきたと記憶しているのですが、こうも次から次へと問題が起こるとは。普段のお義父様の行いのおかげでしょうか」

「何が言いたい」

「別に他意はありませんのよ。それより嘆願書の件ですが、一つ思いついたことがありまして。少しご準備いただきたいものがあるのですが」

「なんだ？」

「セントレールという花をご存じですか」

「いや、聞いたことはない」

「東に生育している紫色の小さな花なのですが、それを購入してもよろしいですか」

「勝手にしろ。その件はお前に任せる」

信頼されているといえばいいのか。それとも考えるのが面倒で丸投げされているのか。バイレッタには判断がつきかねた。

だが報告して許可を貰ったので、好きにさせてもらおう。

後で文句を言われたとしても、知ったことではない。そもそも今回の件の迷惑料だとでも思ってもらえれば失敗したとしても罪悪感は少ない、ような気がする。

「なんだ、他に言いたいことでもあるのか」

目を上げたワイナルドの問いかけと同時に、廊下で何かが激しく壊れる音と短い叫び声が上がった。

「なんだっ？」

バイレッタは驚く義父の声とともに廊下に飛び出していた。異変はすぐに察せられた。廊下の外に面する窓ガラスが割られていた。冬の領主館は外気温との差が激しいため廊下の窓は数枚しかガラスをはめていないが、それでもガラスというガラスが割られていた。

廊下一面にガラスの破片が飛び散って、その中心にメイドとアルレヒトが蹲(うずくま)っていた。

「何がありましたか」

「ああ、バイレッタ。廊下を歩いていたら突然、窓ガラスが割れたんだ」

アルレヒトが顔を上げつつ、立ち上がろうとする。その隣で怯えたようにメイドがそっと周囲を窺っている。二人に特に大きな怪我はないようで安心した。

だがむやみに動くのは危険だ。

そもそもなぜ窓ガラスが突然割れるのか。

「バイレッタ、伏せてくださいっ」

反対側から騒ぎを聞きつけてやってきたアナルドが鋭く叫んだ。戸惑う間もなく、頭を押さえつけられ、そのままぶつかるようにアナルドに抱き留められた。

心臓がどくどくと激しく音を立てている。バイレッタは思わず身じろぎした。

もしかして、アナルドのものだろうか。だとしたら、随分と早鐘を打っているような気がする。

軍人として数々の戦場を渡り歩いてきた男の姿とは思えない。

「立ち上がらないでください、まだ安心できません」

壁に背を預けて、アナルドは座り込んだ姿勢のまま腕の中のバイレッタを覗き込んだ。彼の表情は安定の無表情だ。けれど、どこか焦っているようにも感じられた。

普段は嫌みなくらいに落ち着き払っている男だ。だというのに、少しは妻のことを心配したのだろうか。

だとしたら。

だとしたら、なんだ。胸にじんわりと湧き上がる喜色をバイレッタは必死に抑え込んだ。

「怪我はありませんか」

「私も今、駆けつけたところですので問題ありませんわ。アルレヒト様がいたら、突然、窓ガラスが割れたと」

「ここだけのようですね。とにかく近くの部屋に行きましょう」

「ええ。アルレヒト様、動けますか」

バイレッタが視線を動かせば、アルレヒトはしゃがんだまま不貞腐れていた。視線はしっかりとアナルドを見つめている。

「お前は、少しは王族を敬えないのか」

「妻を守るのが夫の当然の役目でしょう」

恨みがましい視線を受けても、全く揺るがずアナルドはしれっと答えた。

「私がここで怪我を負ったら、王族への不敬罪で訴えてやる」

「それはぜひともゲイル殿にお願いしますよ。俺の仕事ではありません」

「おい、バイレッタ。お前の夫は本当にとんでもないな。もっと敬意を持てと教え込んでおけ」

あいにくと夫の手綱を握っているのはバイレッタではないので、そんなことを頼まれたところで頷けるわけもない。

だが、一方でアルレヒトが怪我を負うのは領地管理不行き届きで罰せられても困るのに、確かにあまり頓着しないアナルドが問題なのだ。

頭痛をこらえて、バイレッタはとにかく移動しませんかと提案したのだった。


報告がてら義父の執務室へと戻ると、ワイナルドは鬱陶しそうに目を眇めた。仮にも隣国の王族に対して向ける視線ではない。さすがは親子だと感じながら、バイレッタは状況を説明した。

アナルドは調べてくると言って部屋を出ていき、メイドは怪我がなかったためそのままバードゥに報告に行った。

「なるほど、それで何か心当たりはありますか」

義父の鋭い眼光に、アルレヒトは怯むこともなく不遜な態度でソファに座っている。

「あるが、告げる必要を感じないぞ」

「ほう。こちらは窓ガラスも割られて被害は甚大なのですがね。真冬の中、屋敷に穴が開いたのだから寒くて仕方がない」

冬用の窓ガラスは二重構造になっていて夏用のガラスとは異なり高いのだ。それを盛大に割られているので、義父としては苦々しい気持ちなのだろう。消耗品ではあるので、それなりの予算は確保しているが手痛い出費ではある。ガラスは高価であるので、なおさらだ。

「でも、これでアルレヒト様が狙われているということがわかりましたわ。余計なところに気を遣わずに済んでよかったではありませんか」

「全くその合理的な考えのもと、どうにかいい案を出してほしいものだな」

バイレッタの言葉を受けて、ワイナルドが苦々しげに言った。

「あいにくと窓ガラスの修繕費については従来通りにしか出ませんよ」

値切れるところは最大限値切っているので、これ以上は難しい。

「ふんっ」

「私に護衛をつけろと言われないだけ安心してほしいものだ」

アルレヒトが尊大に言い放つ。

「いい加減にしてください、アル様」

ノックもなく入ってきたゲイルが大股で近づいてソファにふんぞり返っている従弟を見下ろした。後ろからアナルドもついてきていた。

「状況は若様から伺いました。どういうことか、ご説明くださいますね」

「言いたくない」

「アル様！　そんな我儘が通ると思わないでください」

「彼を狙っているのは、どうやら『白い死神』のようですね。あちこちに特徴的な薬莢(やっきょう)が落ちていました」

静かに告げたアナルドの言葉に、ゲイルが息を呑む。

「まさか。アミュゼカの有名な工作員ではないですか」

「どのような方なのですか」

バイレッタは聞いたこともない名前だが、アナルドもゲイルも心当たりはあるようだ。ガイハンダー帝国の隣国でもあるアミュゼカの情報を自分は持っていないが、軍人や騎士には有名なのだろう。

ゲイルが疲れたように説明してくれる。

「傭兵国家アミュゼカが誇る工作員であり、白い髪という目立つ容姿のわりには表に姿を現さない人物で、ひっそりと紛れ込んでは仕事を終えると言われています。かなりの腕利きの狙撃手であることは間違いがない」

「傭兵ですから、誰に雇われているのかはわかりません。ですが、警告であることは確かです。命を奪うならば、もっと他にやりようはあるのですから」

アナルドが続ければ、びくりとアルレヒトが反応した。

「まあ、そうだろう」

「どういうことです、アル様」

気まずそうに視線を泳がせて、アルレヒトはぽつりとこぼした。聞き逃してしまいそうなほどの小さなつぶやきだが、しっかりと聞こえてしまった。

聞きとがめたゲイルに、彼はごまかすように笑顔を浮かべる。

「一国の王族が暗殺されるのはよくある話じゃないか」

「ふざけないでください。傭兵まで雇われて警告を受けるだなんて、あからさまな行為ですよ。ナリスの王族は近隣に比べて王位争いがない平和な王家だ。要求があるとしたら対外的なものでしょう、なんですか」

「うーん、まあ、国家機密だ」

「そんなありきたりな一言でごまかされると思わないでください」

ため息交じりに吐き出された言葉はゲイルの心情を物語っていた。

「お取込み中のところ、失礼いたします」

バードゥが頭を下げて入ってきた。

「アルレヒト様っ」

その後ろから駆け込んできたのは小柄な男だった。薄茶色の髪に同系色の瞳、身綺麗な格好をしているが、くりっとした瞳はリスを思い起こさせる。思わず微笑ましげな気持ちになるが、アルレヒトは盛大に顔を顰めている。

「遅いぞ!」

「これでも連絡を受けて取るものも取りあえず駆けつけたんですがね。手もつけられないほどの傍若無人ぶりだとか。ああ、ゲイル様、お久しぶりです」

「よく来てくれたバルバリアン」

「こちらの方々にも大層ご迷惑をおかけしたそうで。本当に申し訳ありません」

「お前が頭を下げる必要はないんだ」

「そんなわけがないでしょう。アルレヒト様がおひとりなんですから。大変でしたでしょう。好みはうるさいし横暴だし基本的には人の話を聞かなくて」

言い募りながら身震いを始めた彼は、相当主人に苦労しているようだ。だが、バイレッタとアナルドに向き直ると綺麗にお辞儀をする。

「お初にお目にかかります、殿下の一の侍従のバルバリアンと申します。これからは主が勝手をしないように見張らせていただきますのでご安心ください」

バルバリアンの主人はよく言えば寛大で、奔放だ。
王族らしい横柄さと傲慢さがあるものの、末っ子気質らしいのんびりした性格で国でも仕事関係でも人に囲まれていた。
容姿も華々しく、王妃譲りの豪華な金色の髪は豊かで、父王譲りの透き通るような青い瞳は強く煌めく。絵本に出てくるような王子様を体現しているような秀麗さで、実際に女性を切らしたことはない。

東国で交易を任され、ハレムという制度を覚えてからはあちこちで数多くの女性を侍らせることを楽しむほどの女好きではあるので、従者としては頭が痛いものの王族ということで諦めてもいた。

そんな主人が女性に対して悩む日が来るとは想像もしていなかった。

「女なら私が話しかけるだけで喜ぶはずだろう。それが近寄るたびに手を払われるんだぞ」

スワンガン領主館であてがわれた部屋のソファに座りながら、頭を抱えて苦悩している姿は珍しいが内容は最低である。憂い顔も素敵だなんてうっとり目を細める婦人は傍にいないので、バルバリアンは従者らしく毅然と告げた。

「性格に問題があるからじゃないですか」

「そんなもの、一夜を過ごすだけなら問題ない」

「だから長続きしないんですよ」

「そもそも続けるつもりもない。だから一夜の夢だと言うんだ。それで十分だからこそ、私の見てくれがよければいいだろう」

部屋の調度品は主人が整えさせたというだけあり、ナリスと東国の文化を品よく取り入れていて居心地がいい。ガイハンダー帝国の重厚な家具に比べると異国感はすさまじいけれど。

「この部屋の調度品をいくつか手配したのもその方なのでしょう？　センスもよくて商売までできる方だなんて素晴らしい審美眼があるんですよ」

部屋の中を点検していたバルバリアンは用意されていたワゴンからお茶を淹れると、主人の前に差し出した。

「ご自身でも理解されているようで何よりです」

だからこそ、こうして逃げ出してきたのだろうという言葉はため息と一緒に呑み込んだ。

「彼女はゲイルの想い人でもあるらしい」

「ゲイル様の？　でしたらなおさら人を見る目はあるのでしょうね」

主人の従兄であり、もとお目付け役でもあった男の人柄のよい柔和な顔を思い浮かべてバルバリアンは納得した。

主人とは対照的に一切浮いた話のない男は、真面目に職務についていた。

年下の従弟に対しても世話を焼いてはさりげなく注意をしつつフォローするという

完璧ぶりだ。

仕事ができて浮いた話もない彼が見初めた女性というのなら、さぞや素晴らしい方なのだろうと思える。

先ほどちらりと見た姿は妖艶で、何人もの男を手のひらで転がしていそうな雰囲気だったけれど、自分の主人と同じで見かけと中身が違うのだろう。ちなみに主人は見かけが極上で中身は言わずもがなである。

「二人一緒に連れ帰れば話が早いのだがなあ」

「わりと屑な意見ですからね。それにご結婚されているのでしょう。隣におられた方がご夫君だと伺いましたが」

「だが女なんて星の数ほどいるものだ。あの男ならそれこそ彼女でなくともいいだろう。実際にそう言ったら笑っていたが――」

主人が言葉を切ることはよくある。勢いで口を開いて、話しているうちにまずい話題だったと気づくからだ。だが自信に満ち溢れている彼にしては珍しくやや青い顔をしてかぶりを振った。

「笑っておられたのなら、ご夫君も了承されたということですか」

思わず話の続きを促してしまったが、アルレヒトは不機嫌そうに鼻を鳴らすだけだ。

「ふ、ふん……私にはなんの問題もない」

虚勢を張っている姿は滑稽だが、賢明な従者であるバルバリアンは見逃すことにした。つついたところで余計に意固地になるだけだからだ。

「でしょうね、アルレヒト様ですもんね。とにかく諦めて帰りましょう。どう考えても逃げられる道はありませんよ」

「本当にお前は辛辣だな。従者ならそれらしい助言を提示してみろ」

「ですから、諦めてくださいって」

「そんな助言は聞き飽きた」

ゲイルからも散々言われたからだろう。

不貞腐れてそっぽを向いた主人に、内心では襟首ひっつかんで馬車に押し込めたい衝動に駆られているが、なんとか押しとどめた。悲しい宮仕えの習性である。

「そのためにお前が調べに行ったんだろう。これほど私を待たせて時間をかけたのだから、何か有益な情報は得られなかったのか」

拗ねたような口調で告げる主人に、怒りが再燃した。

ようやく、バルバリアンは怒っていたことを思い出したのだ。

「そうですよ、主人に命じられてわざわざ隣国まで行って調べてきたというのに、帰ってきたらその主人の姿がなく、主人を放って何をしているんだなんて間抜けな問い合わせが来ていたんですから、僕はとんだ道化でしたよ。あちこちからどうして監視していなかったんだと注意もされましたしね」

アルレヒトはまた話題を間違えたと口元を歪(ゆが)めた。だが、そんな顔をしても許せるはずがない。

「どういうおつもりだったんですか」

「どうもこうもない、私は最初から断っていただろう。どうしても嫌だったんだ。だというのに、お前はなかなか戻ってこないし、とにかくここで待てばいいかと考えなおした」

「国に帰ったらほうぼうから説教ですからね。ちなみに僕は一切庇いませんよ」

「バル！」

悲痛な声を上げる主人に、無慈悲に告げる。

「調べましたが、やはりどうしてもアルレヒト様でないとだめだそうです。あちらの関係者に当たりましたので間違いありません」

「なんだと？」

「年貢の納め時ってやつですね。今まで散々いい思いをしてきたんですから、諦めてください。思ったよりは待遇いいんじゃないですか」

「馬鹿を言うな、全然遊び足りない。だからこそ、あの商人の助言に従ってここまできたんじゃないか」

夏頃に他国で出会った全く商人らしくない大柄な男を思い出して、バルバリアンは内心でため息をついた。

あの商人がおかしなことを吹き込まなければ、こんなところで主人を諫めなくても済んだはずだ。

「私はまだ諦めないからな！」

「ゲイル様みたいに想い人がいるとかいう話ならまだ可愛げがあるものを。それにしてもゲイル様が人妻に思いを寄せられているというのも不思議な話ですがね」

「先の戦のきっかけになった疫病のおかげで食料の供給が止まったじゃないか。あの時に力を貸してくれたのが彼女らしい。その後もナリスに戻らないと決めたゲイルをここで働けるように今の地位を与えたのもな」

「はあ？　それは本来領主の仕事では？」

「彼女は助言する立場にあると聞いた。本来では考えられないが、領主の奥方は帝都から一度もこちらに来たことがなく、嫡男も領地経営に興味がないらしい。それで彼女があちこち動いているというのもよくわからないが、ゲイルから話を聞けば誇らしげに教えてくれたからそういうことなんだろう」

「それはなんとも凄い方ですね」

一般のご婦人像からはかけ離れた姿に、バルバリアンはあっけにとられた。そんな恩人に惚れるなというほうが難しいだろうとも納得する。

「女神のように崇高に崇めているほどだ」

「でしょうね。ならばなおさら、一緒に連れてくるという選択肢はありませんよ。婚家を支える素晴らしい女性ではないですか。それだけご夫君に惚れているということでしょうに」

「それがそうでもない。夫婦仲はあまりよくないとの噂を聞いた。まあここの使用人に聞いても反対のことしか言わないし、目の前では散々牽制されるがな。だがあれも何かの作戦だろうな。軍人であるのだから、小賢しいことだ。だから、私が話せばついてくるはずだったんだ」

「ああ、なるほど。最低な計画ですね」

たまには自分の容姿と権力が通用しない異性を相手にしてみればいいと常々思っていたので、いい気味ではある。

だが一方でゲイルの想い人であるほど素敵な女性であるにもかかわらず、婚家で虐げられているというのなら、助けるというのもありかもしれないと思いなおした。

そもそもゲイルを連れて帰らないことには、この主人が全く帰る気配がないのだから。

ここは心を鬼にしてでも、彼女を手に入れなければならないだろう。

できる従者はこうして、主人の無謀な計画に渋々乗っかることにするのだった。

間章　妻とのお遊び

アナルドはあまり悩むことがない。

作戦の立案時しかり、困った上司の対応時しかり。

思考は素早く明快で、悩むということがないため最短時間で回答を叩き出す。

だが、こと妻に関しては大変に悩む。

友人はそんな姿を見て、お前も人間らしくなったんだなと相好を崩している。

人間以外のものになった覚えはないのだと告げれば、彼はおやというように目を瞠って、茶化すように瞳を細めた。

「無表情が常のお前が、浮かれているくせに。無自覚か」

「浮かれている？」

思わず首を傾げれば、やっぱり無自覚なんだなとため息をつかれた。

「帝都から手紙が届くたびににやにやしているくせに。八年間戦場にいた時だって一度も戻りたいだなんて言わなかったお前が、今は二言目には帝都に帰りたいだのと言うだろう。十分に浮かれているじゃないか。まあお前が長い間放置していた妻とうまくいっているのならいいことなんだ。祝福するよ」

自分の頬に手を当てて、そんな顔をしているのかと不思議になったが、友人が断言するのだから間違いはないのだろう。

だが、今アナルドの心中は、浮ついた心持ちとは程遠い。

「そんな先輩であるお前に聞きたいことがある」

「待て、同期を勝手に先輩にするな。なんだよ、突然」

神妙な顔をした友人はアナルドの問いに、瞬時に目をぱちくりと瞬かせた。

「先に結婚をして愛妻家を自負しているのだから、先輩だろう」

「あーはいはい。アナルドの可愛い妻のことか、どうしたんだよ」

「俺の妻は仕事が好きだ。生き生きとしている彼女は本当に輝いているし、見ていて楽しいから束縛はしたくない。実際、束縛しないとも約束した。だが、そうなると休暇中に彼女との接点がない。束縛はしないからついていこうとすると断られる」

「わかるよ、一緒にいられるだけで満足するんだけどな」

大きく同意を得られて、アナルドは安心した。友人に相談して正解だったようだ。

やはり持つべきものは愛妻家の友人である。

「俺たちは一緒にいられればいいが、妻にとっては監視されているような気分になるのではないかな。ほら、ちょっとした知り合いの男性とばったり会って話すだけでも嫌な気分になるじゃないか」

「よその男と話すと嫌な気分になるのは当たり前のことなのか」

「当然だろう、なんで妻が他の男と話しているのを横で眺めてなきゃいけないんだ。どうせなら、俺と話してほしいじゃないか。こちらは四六時中一緒にいられない。短い期間をめいっぱい楽しみたいのだから。仕方ないから、彼女が興味を持ちそうなことをして遊んでもらうんだ。彼女も楽しめれば問題ないだろう」

「遊び？」

「なんでもいいんだよ。帝国歌劇を観に行くとか、船遊びをするとか」

「遊び……」

生まれてこの方、読書以外の遊びをした覚えがない。読むものはもっぱら歴史書や兵書や地理で、女性が好みそうなものでは全くない。

しかもバイレッタが興味を持つ遊びでなければならないらしい。

なんてことだ。さらに悩みが深まった。

「だが遊ぶにしても奉仕することは忘れないようにしろよ。何より妻が楽しむことが第一優先だ。しかも絶対条件でもある。だいたい女というのは騎士が好きだろう。奉仕されるほうが好まれる」

「騎士か」

間男の顔が浮かんで、思わず眉間に皺が寄った。

「軍人は汗臭くて好まれないじゃないか。雄々しくあれ、なんて軍規があるほどだもんなあ。騎士のほうが洗練されていてかっこいいとか明らかに帝国歌劇に毒されているとは思うが、勝てる要素がない。とにかく騎士のように奉仕だ、わかったか」

「ああ、よくわかった」

重々しく頷けば、視界の隅に所在なさげに立っている部下が映った。声をかけられずにただ黙って様子を窺っていたらしい。

南西部に展開した駐屯地の中の作戦本部の会議室である。今は会議が終わったばかりなのでアナルドと友人くらいしか残っていなかった。

「あの……何か重要な作戦をお考えになられていたのでは」

「もちろん。これ以上にないほどの重要な案件ではありますね」

新婚だというのに八年間戦争に行っていて一度も顔を合わせなかった妻は、一ヶ月の賭けを終えてようやくアナルドに夫の権利を許してくれた。顔を合わせた夜から失敗続きであるので、これはかなり重要なことだ。

周囲から情報を収集し、いくつかの作戦を立案して実行した結果、満足のいく結果に帰結したことは喜ばしい。努力が報われたのだから。

だからこそ、権利を奪われないためにも作戦を練る必要がある。

砦を守るために必要なのは食料などの物資、退路の確保だろう。奇襲に備えなければならないし開城交渉もあるかもしれない。だとしても権利を決して譲るわけにも奪われるわけにもいかないのだから。

「まあサイトール中尉も許してやれ、八年も離れていたんだから今が新婚みたいなものだろう。そんな家庭なんてどこも浮かれたもんだ」

「浮ついた気持ちは一つもない。真剣だ」

「あーはいはい。な、わかるだろ」

アナルドは真剣だと伝えたというのに、友人は部下に意味深な同意を求めて、部下は力なく頷くだけだ。

「大丈夫、大丈夫。戦況は悪くないし、会議中にこいつが立案した作戦はいい決定打になるだろう。作戦本部が怠慢だと絞られそうなほどに秀逸だ。そろそろ南西部も終結するさ」

そもそも帝都のクーデター騒ぎを利用して、兵を出してきた隣国だ。クーデターが早々に片づいた今、早期に終結するのは当然だろうに。何をのらりくらりとしたことをしているのか苛立っていたのだ。

友人は太鼓判を押してくれたが、アナルドだって帝都に帰還できるめどがついたから妻のことを考えている。いや、わりと四六時中考えているかもしれない。

とにかく、必要なのは妻との遊び。そして奉仕だ。

アナルドはそっと、けれど力強く誓うのだった。


そうして念願叶ってようやくバイレッタの元に戻ってこられた夜に早速実行した。

遊びとして妻が勝てるような賭けを申し出て、ひたすらに奉仕をした。

寝台に押し倒した妻に覆いかぶさって、手と口を駆使する。妻の体温が上がって、呼吸が乱れて、潤んだ瞳に見つめられて自身も煽(あお)られるけれども、優先するのは妻だ。嫌だと告げる唇に口づけを落とし、だめだと拒む手をとって自分の背中に回す。閨(ねや)事(ごと)の妻はたいてい恥ずかしがって拒絶しか言わないことを知っている。

だから感じ入ってこぼれる涙を舌ですくって、嬌声(きょうせい)も甘く蕩けさせた。

それから疲れ切った様子の妻をこれ以上付き合わすのは問題だと悟り、濡れたタオルで清めて眠りについた。

だというのに、賭けに勝ったのは自分だという。

それにはとても困った。

遊びは妻が優先だというのに。

計画を立案して指揮をとり、実行した。これまで失敗したことはない。だというのに、今は間違えたという気持ちが大きい。思いのほか、アナルドの気分を落ち込ませた。

一応、代替案として友人に言われた通り観劇に誘ったけれど、妻が喜んだかどうかはわからない。ただ、初めての観劇に何を着ていけばよいかわからずにバイレッタに助言を求めたら、やたらと楽しそうに自分の服を選んでくれたのは成功だったのではないかと考える。メイドとはしゃいでいた姿を思い出すと胸が温かくなる。

その後にミレイナに邪魔をされて、観終わった後でサミュズに会ってしまったことも作戦ミスだったと言わざるを得ないが。

仕方なく次の機会を窺うが、どうしてもそんな機会が訪れない。

結果、嫌がられながらも妻と一緒に行動しなければならない。

そうして領地にやってきて、目の前の男はなんと言ったんだ？

スワンガン領地にはゲイルという間男がいて、アナルドはわりと不快な感情でいることが多い。だというのに、軽く沸点を超えた。

ゲイルの従弟というアルレヒトは全く彼と共通点がない。

王族らしい傲慢さと自信に満ち溢れ、権力を行使することにためらいがない。

だから、平気で無神経なことが言えるのだろう。

そして容易くアナルドを不快にさせるところに血筋を感じる。

水防の堤防の視察に訪れた際、ゲイルを連れ帰ると自信満々に告げた口で妻も誘った。べつにゲイルがいなくなることには興味はないが、なぜバイレッタに話を振るのだ。不快感に耐えていたというのに、バイレッタを先に馬車に乗せて現場をもう一度確認していた時にやってきたアルレヒトはぬけぬけと言い放った。

「妻の代わりなどたくさんいるだろう。それだけの男ぶりなら、選びたい放題だろうに。だから、バイレッタを私に寄こせ」

怒りが頂点を極めると笑いが込み上げることを知った。

確か友人にバイレッタのことを無料の娼婦（しょうふ）だと言われた時にも、思わず笑ってしまったほどだ。友人が愛妻家でありあれが軽口だと知っていたから軽い不快感とともに聞き流したのだが。あの時よりもさらに激情を伴うような、それでいて冷え冷えとした怒りが沸々と湧き上がるのを感じた。

「バイレッタを、どうするとおっしゃいました？」

「いや、わかった。うん、なんでもない」

アルレヒトは途端に青い顔になって、必死な様子で否定した。そのままバイレッタの乗っている馬車に向かおうとしたため、自分の傍にいるように引き留めた。見ていないところでバイレッタに何を吹き込むかわかったものではない。

全く次から次へと花に群がるように虫が湧いてくる。

それだけ妻が魅力的だということはわかっているが、アナルドが妻を愛しく思うのは他の男たちとは違う点であることも理解している。

妻が嫌悪している極上の見目は確かに目を引くけれど、自分が彼女を愛しているのはその複雑な精神だ。

唯一、誇らしいところではある。

意地っ張りで人を頼ることをしない妻を、力量以上に頑張りすぎる妻を隣で支えたい。寄り添って手を差し伸べて、甘やかしたい。

そうすればもっと可愛い姿を見せてくれるだろうから。

そのためなら、最大限に夫の権利を行使していく所存だ。

怯えを必死に虚勢で覆い隠しているアルレヒトに、アナルドは怜悧な光を宿した瞳を静かに向けるのだった。

けたたましく硬質なものが砕ける音と、そして短い悲鳴が聞こえてアナルドは駆け出していた。

アルレヒトが何者かに狙われている。

堤防を崩して誘い出し、馬車を襲撃された。警告程度のものだったが、車体に弾痕が残っているところを見ると、狙撃されたことがわかった。あいにくと弾丸は見つからなかったが、狙ってやったのだとしたらかなりの腕だ。

気をつけていたというのに、襲撃の間隔が短くてアナルドは焦った。

悲鳴の元は妻でないことはわかっているが、もしや巻き込まれて声も出せない状況なのかもしれない。そうでなくても彼女は先のクーデター騒ぎの時に爆発に巻き込まれ、誘拐されている。

あんなに心臓に悪い思いは二度としたくないのだから。

相手がしびれを切らして実力行使に出たのかもしれない。

廊下の先には蹲るアルレヒトとメイドがいた。

その二人に近づこうとしているバイレッタを見つけて、思わずアナルドは怒鳴っていた。

無防備な姿を晒せば、襲ってくださいと言っているようなものだ。

「バイレッタ、伏せてくださいっ」

そのまま駆け寄った勢いに任せて、バイレッタの小さな頭を抱えて屈む。背中を壁に預けて外からの死角の位置に身を沈めれば、どくどくと心臓の音が脈打つのが感じられた。

戦場でいくつもの死を見てきた。腕の中に納めたぬくもりが、いつしか冷たくなっていくのを知っている。いつもは感情を切り離したように現実と自分の前に一枚のガラスを通して接する世界が、しっかりとした質量で感覚をつきつけてくる。

だから、みじろぎしたバイレッタに、ため息をつくと同時に言葉をかけた。

「立ち上がらないでください、まだ安心できません」

アナルドは座り込んだ姿勢のまま腕の中のバイレッタを覗き込んで無事を確認する。

本人からも平気だと返答を貰った途端に、アルレヒトから文句を言われた。

純粋にアナルドは驚いた。

いた、と知っていたが認識していなかった。情報の一つとして捉えてはいたが、意識の範疇外だった。自分はどれだけバイレッタに集中していたのだろうとおかしくなったほどだ。

そのまま父の執務室に彼女たちを押し込めて、廊下に戻る。

吹きつける雪が舞う廊下はランプの灯り(あか)も遠く薄暗い。

窓ガラスの割れた位置から手探りで検分していると、近くの壁に埋め込まれた弾丸を見つけた。位置的に窓ガラスを割った犯人だろう。掘り出して、光の下で眺めていれば特徴的な白い羽のようなマークが見えた。

名のある傭兵は自身の力を誇示するために、マークを残すものだ。それが悪名であればあるほど、狙われた対象者にとっては恐怖になるのだから。

「これはどうしたのですか」

堤防の状態を見回っていたゲイルが領主館に戻ってきたようだ。

外套を纏ったまま、足早に近づいてくる。

「狙撃されました。狙いは貴方の従弟殿のようだ。何か話は聞いていますか」

「アル様ですか。何もおっしゃってはおられませんでしたが、あの方は物凄く自由奔放なのですが、一度決めたらわりと突き進むようなところがありまして……」

それは単純に我儘であるということなのでは？

誰にも制御できない王子のことなど興味はないが、バイレッタが巻き込まれるのなら話は別だ。

「屋敷の中にいて襲撃されたとあっては、いつバイレッタが巻き込まれるかわかりません」

アナルドの懸念を、ゲイルも感じているのだろう。厳しい瞳を向けて問いかけてきた。

「アル様は今、どちらに？」

「父の執務室です」

答えを聞くやいなや、ゲイルは猛然と執務室へと突き進んでいった。

アナルドはその背中をゆったりと追いかけるのだった。

第三章　新たな称号

「手伝いましょうか」

　書類を運んでいると、いつの間にかやってきたバルバリアンがにこりと微笑んでいた。

　スワンガン領地の領主館の執務棟の廊下を歩いていると声をかけられたのだが、彼は従者である。なぜ一人でこんなところにいるのかとバイレッタは訝しんだ。

「ありがとうございます。でもアル様のお傍におられなくてよろしいんですか」

「主人は今、ゲイル様にお説教されていますからね。こういう時はお傍にいないほうがいいのです」

「今度は何をされたのかしら」

「片っ端からメイドの仕事の邪魔をしていましたからね。さすがのゲイル様も無視できなかったようです」

　狙撃されたくせに呑気なことである。実際にあれから襲われることはないので、気が緩んでいるのかもしれないが、狙われている張本人はなぜか飄々としているのだから不思議なことではある。

結局アルレヒトはスワンガン領地にやってきた理由だけでなく、襲われることについても説明はしなかった。やってきたバルバリアンが主人を叱りつけると部屋へ連れていってしまったからだ。

だがそれからもアルレヒトの行動は変わらない。さすがに乱痴気騒ぎは控えてもらったが、女と見れば見境なく声をかけてしまう。メイドの仕事の妨げになっているのは言うまでもない。

全く緊張感のないアルレヒトの様子にゲイルが怒るのも仕方がないことのように思えたので、苦笑にとどめておく。

「主人はまああの容姿ですからね、たいていのところではちやほやもてはやされていたのですが、ここでは勝手が違うらしい。ですから、余計に躍起になっているようです。困ったことですが、一度しっかり絞られるのもいいでしょう。そういえば、バイレッタ様のご夫君もお綺麗な方ですね。さぞや苦労されているのでしょう」

「さあどうなんでしょうか。あまり夫のそういう話は知らないので」

「そうなのですか。知ると気を揉むからですかね」

バルバリアンはくりんとした瞳を不思議そうに瞬かせている。彼に他意はなさそうなほど無邪気な様子ではあるが、バイレッタは問われたことを反芻した。

気にするというよりは、純粋に興味がないからだ。だが、あっさりと断じてしまう前に、もやもやとした不快感を感じて思わず黙ってしまった。

ここ最近の夫への不満に近い感情が、腹の底に横たわっている。

「そういえば、他にも女性をかこっているようなことをアルレヒト様に話されていると聞きました。妻の代わりはいくらでもいるのだろうと聞かれて笑っておられたと」

「旦那様にとっては、妻は無料の娼婦のようなものらしいですからね。そういうこともあるでしょうね」

以前、軍の祝勝会に出た時に夫が友人から言われて笑っていたのを聞いてしまった。後で否定はしていたが、それでもその場で笑っていたのなら頷いたも同然ではないのか。一時的にせよ、そういうふうに思われていたのかもしれない。

八年間離れていた間も娼館は利用していたらしい。それも彼の元部下が言っていたので間違いはないだろう。

一方で女嫌いだなどと称されているのも知っている。

よく考えれば、バイレッタは夫のことをよく知らないのだ。

彼はバイレッタのことをよく知っているようなのに。見透かされて暴かれて、手のひらの上で転がされているかのような錯覚に囚われた。

アナルド自身があまり言葉数が多くはない上に、どうにも彼は自分が察する能力に長けているせいかこちらもわかっているのだろうと思い込んでいる節があるからだ。

つまり推測するしかない。

「領主の仕事もこのように押し付けられているのですよね。なんとも辛い立場ではないですか」

「あ、いえ、それは……」

確かにスワンガン領地の経営に関わる業務を任されている。義父の横暴な命令を、それとなく断っても無理やり連れてこられるので仕方なくこなしているところもある。

それでも本当に嫌だったら、バイレッタの性格上逃げてでも断っているだろう。

つまり、本当のところはこの仕事も楽しいと感じているのだ。

実際にやりがいはあるし、手ごたえも感じている。意見を取り入れられて、それとなく認められてもいるからだろう。

噂ではないバイレッタ自身の力量をはかった上で、仕事を与えられている。時には無茶ぶりもされているが。

「バイレッタ様は本当に凄いですね。ぜひともその力をナリスでも発揮していただきたいほどです」

屈託なく感心するバルバリアンの言葉に、バイレッタは曖昧に頷くしかできなかった。

「あら、ゲイル様。こんなところで、どうかされたのですか」

書斎にいて資料のための参考になりそうな書物を探していると、ひょっこりと顔を出したゲイルが苦笑した。

「貴女に呼ばれたと聞いたのですが、どうやらまた違ったようですね」

先日もバイレッタに呼ばれたとゲイルがやってきた。伝言を持ってきたのはバルバリアンであるようだが、その背後にはどうやらアルレヒトが絡んでいるらしい。だが意図がよくわからない。結局、いくつか水防工事の修繕の日程や工事過程を打ち合わせしたので有意義な時間を過ごしたが、今回は特に彼と話すことはない。ゲイルは工事について部下たちと話し合いに出ると言っていたはずなので、それが終われば報告を聞くことになってはいたが。

「また、ですか。お忙しいゲイル様を捕まえていったいどんな遊びをしているんですかね」

「忙しいのは私ではなく貴女でしょう。どちらに運びますか？」

いくつかの書籍を抱えていたバイレッタを見て、ゲイルは中に入ってくると代わりに荷物を抱える。

「すみません、つい欲張ってしまって。少しずつにすればよかったですわね」

「これくらい構いませんよ、あちらの端に置けばいいですか」

ゲイルが示した先には広めのテーブルがあり、座りながら読書できるようになっている。

スワンガン領主館の書斎は、バードゥの指示で常に掃除が行き届いているので埃っぽいということはない。部屋の隅にはソファも置いてあって、うたた寝にも最適だ。

「温泉場の集客率を上げるような方法を考えろと無茶ぶりされていると伺いましたが、大丈夫ですか」

「お義父様は何事も命じれば、叶うと信じているようなところがありますから」

「それは貴女が叶えてしまうからでしょうね」

「無理なことはきちんと無理と断らせていただきますから、平気ですわ」

「なるほど、今回も叶えられる自信があるのですね。では、あまり無理なさらないように。体が資本ですからね」

「ええ、ありがとうございます」

ゲイルは書籍の山をテーブルに置くと、部屋を出ていこうと取っ手に手をかけ、首を傾げる。

「あれ、開かない？」

「え、建て付けが悪いのでしょうか」

バイレッタは本を探すのをやめて、ゲイルへと近づいた。

ゲイルが力強く引いてもドアはびくともしなかった。

「ここは貴重な書物もあるので、他よりも頑丈な扉と特殊な鍵をしているのです。ですから、扉が開かないということは鍵がかかっているのかもしれません」

館の鍵を管理しているのは義父ではなく、執事頭のバードゥだ。マスターキーは義父の執務室にあるけれど、ほとんど使われることはない。

「私たちが中にいるのにバードゥが鍵をかけるとは考えられませんが」

「そうですわね」

鍵束をバードゥが持っていることを知っているゲイルが腑に落ちないように首をひねった。

不思議なことがあるものだが、騒いでいても仕方がない。

「ここにいることは皆、知っていますし。そのうち誰かが気がついて開けてくれますよ。ゲイル様は少しゆっくりされていきますか」

「落ち着いていますね？」

「ふふ、学生の頃もよく閉じ込められたりしていたんです」

「なんですって？」

「目立つほうではなかったので、空き教室に呼び出されて閉じ込められたり、ね。正直、困った顔を見て何が面白いのかはわかりませんでしたが、昔を思い出してしまいました。もちろん、すぐに先生が助けてくれたので、問題はなかったのですから笑い話にできるのでしょうけれど」

むしろ学校の教員は閉じ込められるバイレッタの迂闊さを注意するだけで、何もしてくれなかった。だからこそ、多発したともいえる。一度は閉じ込められた先で乱暴を働かれそうになったが、それも解決している。どちらにしろ、過去のことだ。

「そうですか、問題がなかったのならよかった。貴女が目立たないだなんて、信じられませんね」

悪女の噂を立てられて悪目立ちはしていたかもしれない。だが、それはバイレッタにとってはどうでもいいことだった。

そういえば、昔同じように閉じ込められた空き教室で偶然にもいじめっ子から隠れていたセイルラオと一緒になったことがあった。バイレッタが教室に閉じ込められたと知った途端にセイルラオはお前のせいだと激高してしまい、今のゲイルのように穏やかに会話することはできなかったが。

「同じ学院に通っていたら絶対に貴女につきまとっていた自信がありますよ」

「ゲイル様がですか？　あり得ませんわ」

ゲイルは幼くても分別は弁えていそうだし、婦女子は守るものだと考えていそうだ。むしろ率先して助けてくれるだろう。魂まで高潔な騎士そのものなのだから。

「そうですか。私も子供の頃は多感でしたから。きっと貴女に憧れていましたよ」

「立派な騎士様に褒められるのは光栄ですわ」

「うん、聞き慣れていますね。では、言い方を変えましょうか。滅多に表情の崩れない貴女の傍にいて、少女らしい可愛い姿を見逃さないように見守っているでしょうね」

「……それはずるいです」

綺麗だとか美しいとか憧れるとかは聞き慣れた言葉だ。けれど、バイレッタに向かってそんなことを言うのは叔父くらいなもので、それも猫可愛がりされている身内の言葉だから慣れている。

ゲイルのように、バイレッタが表情を変えている様を指して、可愛いと言われることは滅多にない。毒婦の仮面を纏ってつんと澄ました余所行きの自分ではなくて、生身のひねくれていてじゃじゃ馬だと称される性格を褒められているのは全く慣れていないのだ。

いや、最近は夫からも言われている。

なのに、いまだに耐性がつかないのだから呆れるしかない。

「はは、本当に可愛らしいですね」

すっかり染まった頬の熱を必死で冷ましているのに、余計に体温が上がるようなからかいはやめてほしい。

だがゲイルは優しく笑むと、それ以上は踏み込んではこなかった。

夫と違って配慮がある。

「あまり近くにいると貴女のご夫君に怒られてしまいますね。バイレッタ嬢はそちらで本でも読んでいてください。誰かが通りかからないかここで気配を探っておきます」

「ゲイル様ばかりを働かせているようで、申し訳ないですわ」

「騎士は護衛や見張りも慣れていますから、本職に任せてください。久しぶりなので、腕が鳴ります」

彼は根っからの騎士なのだと微笑ましくなった。仕事に対する姿勢に誇りを感じる。

「では、お言葉に甘えますわね」

彼の心遣いを無駄にするのも気が引けて、バイレッタは素直に頷いた。

ゲイルならば、きちんとお礼も言えるのに、夫相手には何をするのも難しい。つい怒って苛立って、憎まれ口を叩いてしまう。よく考えれば、あまりいい妻ではないなと反省する。

言われた通りにカウチに座って、本を開いているとふと甘い香りに気がついた。

「ゲイル様、何か花をお持ちになられました？」

「花、ですか？　いえ、特に心当たりはありませんが」

「そうですか。何か甘い香りがするので……」

「甘い香りですか？」

「ええ、花の蜜のような、熟れた果実のような……そういえば、部屋も少し暑いですね」

「甘い香り……暑い？　あ、まさか」

ゲイルは不思議そうに首を傾げつつ、はっと何かに気がつくと鋭く周囲を見回した。

「香りを吸い込んではいけません。何か布を鼻と口に当ててください」

「え？」

香りの発生源を探すようにゲイルは家具や本棚の隙間を覗きつつ、バイレッタに指示をする。

だが、すでにバイレッタの意識はすうっと遠くなっていた。

「――です、……や……でもう……ですか」

ゲイルは探すことに集中していて、説明をしてくれているのに何を言われているのか理解できなかった。

そのままバイレッタの意識は混濁したのだった。

「や、……暑い……」

ゲイルはカウチにしどけなく横たわって譫言（うわごと）をつぶやくバイレッタをなるべく視界

に入れないように注意しながら理性と必死に戦っていた。

うっかり先ほど見てしまった光景は目に焼きついて忘れられないけれど、決して記憶に残していいものではないとわかっている。

何より、彼女の夫に悟られてみろ。確実に命はない。

「ああ、ん……や、あ……だめ」

だというのに、ゲイルの精神をおかしくしたいのかというほどに妖艶で艶めいた声が二人きりの空間にこだまする。

こんな時には耳のいい自分が本当に恨めしい。

彼女がゆっくりと吐き出す息も、衣擦(きぬず)れの音も、体勢を変えて動かす腕の動きすら、拾っては妄想が膨らんでいく。

いくら高潔な騎士だといっても、惚れた女性の艶(なま)めかしさに耐えることは難しい。

騎士見習いになってすぐの千日間の山籠もりだってこんなに辛くはなかったと泣きたくなった。どしゃぶりの雨の中の行軍も、食料を失(な)くして泥水を啜(すす)った時も、これほどの忍耐を試されたことはないと断言できる。

だが、何より彼女の名誉を汚すわけにはいかない。

誰よりも美しく、まるで女神のように慈悲深く。ゲイルが崇拝して愛している女性は、とにかく悪辣としかいいようがない噂にまみれた人物だ。

最初の出会いに余計な情報がなかったため、ゲイルはバイレッタを曇りのない目で見ることができた。そのため後から仕入れた噂には首を傾げるばかりだった。けれど、情報が先行していれば、いくらでも悪くとれることに気がついた。

一度、アナルドに彼女の噂を知っているのかと尋ねたことがある。実際に、噂のせいで男たちにからかわれているのを目撃したからだ。バイレッタ自身は随分と慣れた様子であしらっていたけれど、それでも噂を払拭できないものかと気になった。

アナルドは少し考えて、知っていると短く答えた。

短い返答の中に、苦い後悔のようなものを滲ませていたので、彼ら夫婦のすれ違いはその噂が発端であるような気がしていた。

けれど、短い夏を挟んで冬に領地にやってきた彼らは以前に比べて距離が確実に近づいていたから、うまくいったのかと安堵していたのだ。

だというのに、それを壊すのが自分であるとか、まさに悪夢としか言いようがない。

彼女は愛されてしかるべき存在のはずで。

彼女は常に幸福であるべき存在なのだ。

少しでも彼女が暗い顔をしていたら、ゲイルはいつだって連れ去るつもりだ。存外、負けず嫌いで勝気な彼女が逃げ出すという選択肢をとることがどうにも想像はできないので、そんな日など来ないと知っているけれど。そして彼女が逃げることを選んだとしたら、それは本当にどうしようもないほどに切羽詰まったことなのだとわかるので。

こんなところをあの嫉妬深い夫に知られれば、間違いなく二人は仲たがいをするだろう。

だからこそ、少しでも間違いがあってはならないというのに。

先ほどから頭の中がやけにぼやける。毒には体を慣らしている自分ですら、これほど強く効くのだから、バイレッタなどひとたまりもないだろう。

ナリスでよく使われる媚薬の種類は様々だ。特筆すべき産業のない国で、高潔な騎士を抱えるナリスの裏の顔でもある。実は夜の生活に関してはいろいろなものが流行っているのだ。東のハレムからここ数年ほどで流れてきて、貴族たちの間で大流行したのだが、そんなものを持ち込む人間など一人しか知らない。もしかしたら従者も噛んでいるのかもしれないが、確実に主犯は彼だろう。

「や、それダメって言った……やだぁ、もうやめて」

夢でも見ているのか、バイレッタの嬌声はますますヒートアップして、ゲイルの熱を上げる。ついでに頭をしびれさせた。

助けを求めるべきことはわかっている。だが、彼女の夫に知られないように内々に処理することはできないか。

そんな悠長なことを考えていたからだろうか。

扉を突然叩かれるまで、気配に気づくことができなかった。

「いますか？」

短い問いかけに、ゲイルは反射的に答えてしまった。

「助かった、ここを開けてもらえないだろうか。鍵がかかっていて……」

言い終わる前に、がちゃりと重たい錠が開く音がして、ようやく開いた時には隙間から最悪の人物が飛び込んできていた。

「あ、アナルド様、これは……その媚薬で――っ」

「媚薬？」

アナルドはゲイルに一瞥をくれると、そのままバイレッタの姿を見つけて駆け寄った。

「いや、いやあ、いやなの……っ」

首を振って身を捩ってカウチでしどけなく悶える妻の元に跪いて、信じられないほどに甘い視線を向けた男を、ゲイルは驚きとともに見つめた。

自分が思っている以上に彼らはうまくいっているようだ。

「バイレッタ、何が欲しいですか」

「ん、いらない……もう、いらない……んン」

深く口づけて、舌でからめとって身じろぎする妻に優しく問いかける。

「もっと欲しい？」

「やだあ、旦那様のばかぁ……いらないの、触らないで……」

小さな子供がむずかるような仕草で首を振るごとに、アナルドは追いかけて口づけていく。

言葉では拒絶しているのに、彼女の腕は夫の首にしっかりと巻きついて、もどかしげに腰を揺らしている。

どういうプレイだと言いたい気持ちをぐっとこらえて、ゲイルは扉に手をかけた。

「解毒薬はありません、時間がくれば自然と落ち着くものです。後遺症などもありませんから」

必要なことを早口で告げて、さっさと廊下に出るとバタンと扉を閉じたのだった。

夫婦の秘め事にこれ以上関わってはいけないと本能が告げていたので。

◆ ◆

激しい疼きに必死で抗っているつもりだが、思考はどこまでも空回る。侵された頭は常に熱を求めて、奴隷のように支配されている。

降ってくる口づけに、舌を絡めて、押し付けられるぬくもりに腰を揺らせば物憂げな吐息が肌をくすぐった。

寝台の上だとかろうじて意識には上るが、すぐに熱で上書きされる。

滾るような熱に、足を絡めて身悶える。

「は、これはなんとも熱烈ですね」

「やあ、あんっ」

体温の低い夫の口づけが、今は燃えるように熱い。

「お望みのものを与えてあげますよ、お好きでしょう?」

かろうじて首を小さく横に振れば、寝台の上にさらりと揺れる髪が甘やかな刺激になる。

「随分と素直だ」

普段はできるだけ自制に努めているはずなのに、すっかり理性は蕩けて跡形もない。こんな自分が信じられないくらいに恥ずかしいと思うはずなのに、今はただ与えられる熱に縋ってしまう。必死に歯を食いしばって快楽に流されないように押しとどめているつもりだが、それもうまくできているのかあやふやだ。

身じろぎすれば胸をアナルドに押し付ける形になり、それだけで愉悦が体全体に広がる。

「上手なおねだりですね。はあ、本当に愚かだな」

熱に浮かされているというのに、彼の嘲りの言葉だけは鮮明だ。心に鋭く突き刺さって、ひうっと息を呑んだ。

獲物を狙う狐のような鋭いまなざしに、どこか侮蔑の色を見つけてバイレッタは胸が潰れるような気持ちがした。そんな目を向けられた自分がまるで咎人のようだ。ごめんなさいと何度も謝罪を繰り返すけれど、実際に声として彼に告げられていたのかはわからない。

潤む瞳はどこまでもとろりと蕩けて蠱惑的に男を誘っているのだが、もちろん気づくはずもなく。

悲しみはけれど、熱と混ざってなんともいえない悦楽に変わる。

「普段の貴女からは考えられない姿ですね、どこに触れてほしいですか。それとも、舐めましょうか」

いつもなら恥ずかしくなって呑み込む言葉も理性が溶けた今では驚くほど簡単に欲しがれた。腰を揺らせばそれだけで快楽に繋がる。

「あ、ん、舐めて……たくさんください、アナルド、様」

「こんな時だけ呼ばれるとは……これほど腹立たしいこともないですね」

爛々と光るエメラルドグリーンの瞳が、射貫くようにバイレッタを捉えた。

そのまま噛みつくような執拗な口づけが降ってくる。

痛みも甘やかな刺激になると言ったのはアナルドだっただろうか。

それを実感しながら、どこまでも沈み込むような熱に侵された。

目が覚めた時の衝撃を、バイレッタは悶えて過ごした。

残念ながら途中からではあるけれど、記憶はある。

薄いヴェール越しに世界を見ているようなぼやけたものだったが、自分が何を口走ったのかはわかっている。途中からでも十分にあり得ないことを口走ったと思うのだから、最初の自分はどれほどのことをしでかしているのか。考えると羞恥で悶える。

そうして目が覚めて、隣に夫がいないことを確認して震えた。純粋に恐怖で。

好意の最中もどんどん不機嫌になっていく夫に迷惑をかけることしかできなかった。途中で気を失ってしまったので最後のほうは記憶は全くないけれど、怒りをため込んだ夫が今、どこで何をしているのかと思うと呑気に寝ているわけにもいかない。

バイレッタは軋む体に鞭打って、メイドにゲイルとアナルドの場所を聞く。彼女は少しも不思議に思わないらしく、アルレヒトのところにいると教えてくれた。

詰んだ——っ。

本能で悟ったバイレッタは、責任は最後に自分でとらなければと思った。

慌てて、アルレヒトが滞在している部屋へ押しかけた。

メイドの抑止の声も振り切るほどの勢いで、廊下を突っ切りバイレッタは目当ての扉をノックする。

許可を得て中に入れば、部屋の真ん中で床に座っている主従がいた。その二人を見下すように二人の男が立っている。

アナルドとゲイルだ。

アナルドはともかく、ゲイルは見えていないのだろうか。あれほど、礼を尽くす騎士が、主人格の王族を床に座らせるだなんて。

「え、ゲイル様……？」

思わず問いかけてしまえば、アナルドが先に口を開いた。

「バイレッタ、体は大丈夫ですか」

「え、ええ、問題ありませんわ。それより、これは……？」

「ああ、気にしなくても大丈夫です。アル様、ご本人の希望ですので。不敬罪で我々が罰せられることはないと言質はとっていますから」

「本当に、すみませんでした」

戸惑うバイレッタが無言で視線を向けると、仁王立ちしているアナルドとゲイルに挟まれる形で座るアルレヒトが床にこすりつけんばかりに頭を下げた。

あの自尊心の高い彼がそんな姿を晒すこと自体が驚きだが、立ったまま王子を冷たく見下ろしている二人が纏う硬質な雰囲気を思えば、当然かもしれない。対応を間違えれば、一瞬で口封じに抹殺されてしまうかのような殺伐とした空気を感じる。

「ゲイルとバイレッタが男女の関係になれば、隣国に連れ帰りやすいと思って媚薬を仕込んだのは私だ」

「媚薬……って、あれ――っ」

バイレッタは記憶が蘇(よみがえ)って、ぼんと音が出るほどに顔が熱くなるのがわかった。

いや、まだ大丈夫だ。まだ、なんとかなるはずだ。

何がとはよくわからないけれど。

「高潔な騎士であるゲイル殿はもちろん、何一つ記憶しておられないはずだ」

「え、はい、そうですね」

バイレッタの羞恥心を感じたアナルドがすかさず確認をする。ゲイルの視線がアナルドに向かって、そのままうろうろと彷徨った。多少怪しいところはあるが、許容範囲である。というか、許容範囲だと言ってほしい。

「なんのためにそんなことを？」

アルレヒトは確かにゲイルを連れ帰りたいと話していた。そこになぜかバイレッタも同行すればいいとは提案していたが、なぜ自分も入るのかは腑に落ちない。

「アル様には今、アミュゼカから婿入りの話が来ておりまして。ですが、向こうの国に行くのは嫌だとごねたアル様が、こうして無謀な計画をお考えになられたのです。ですから、国に戻らないゲイル様が帝国にいるのはバイレッタ様がいるからですよね。ですから、お二人ともを連れていけば何も問題がない、と――」

唸(うな)ったまま口を開かない主人の代わりに、バルバリアンがさくっと答えた。

なんとも自分勝手な計画に呆れ果てるが、それが自国の王子でさらに血の繋がりのある従弟が考えたとなればゲイルの心中はいかばかりか。

こっそりと同情していると、アルレヒトが侍従に向かって怒鳴った。

「その通りではあるが、お前はもうちょっと情緒っていうものを挟めないのか！」

「何言ってるんですか。好きな人がいるからとかなら情緒ありますけど、貴方の場合は遊びでしょうが。一夜限りの相手を求める自由が欲しいだけなのに、情緒とかおかしいでしょう！　そもそも相手の姫にも失礼ですよ」

「お前、傭兵王の娘だなんて、野蛮に決まってるだろうが。安寧とした暮らしから一気に物騒な話になったのに、少しは主人を不憫に思ってもいいだろう！」

「そんな世俗の醜聞を鵜呑みにして恥ずかしくないんですか。そもそも正式な国同士が決めた結婚に身代わりを差し出そうとか愚かにもほどがありますよ！」

熱がこもる主従の言い合いに、バイレッタは額を押さえながら呻くように問いかけた。

「つまり？」

「従兄にあたるゲイル様を身代わりにアミュゼカに差し出すおつもりだったのです。バイレッタ様は侍女ってことにして連れていこうだなんて不届きなことを考えて」

「そんなのだめです！」

バイレッタは脊髄反射で答えていた。

ゲイルの意思でここを去るのは仕方がないと覚悟していた。けれど、彼の意思を確かめもせず連れ出すのはおかしいではないか。

それは別にバイレッタがいようがいまいが関係ない。

「あちらは帝国に逃げたのだと思って、警告として『白い死神』を送ってきたのでしょう。ですから、殺すつもりはなかったと思いますよ。そもそも最初から向こうが見初めたとかで申し込まれた縁談なので、アル様が傷つけばあちらも叱られると思います。それはもう随分とご執心だと聞いておりますから。ただここから追い出せればよかったのです」

バルバリアンが申し訳なさそうに説明した。

そんな身勝手な理由でスワンガン領地の領主館の窓ガラスは割れたのか。無残な話である。真冬に吹き曝しは辛い。

一方で、バイレッタは危惧してもいた。アミュゼカに婿入りするはずの男が、他国で怪我を負おうものなら確かに、領地はく奪もあり得るほどの大問題ではある。なるほど、これをセイルラオは知っていたから、スワンガン伯爵家の危機であると告げたのだろう。なぜ同級生がそんなことを知っていたのかはわからないが、このままアルレヒトがスワンガン領地に滞在するのがまずい事態であることは理解できた。

「実際には窓ガラスを狙撃したことはやりすぎたと反省したのか、以降はアル様を標的にすることが多くなりました。メイドに扮した輩が何度も警告には来ていましたから、アル様には極力部屋から出ないように注意していたのですが、まさかこんなことを企んでいたとは……」

ゲイルがいつもよりも随分と低い声音で告げれば、アルレヒトだけでなくバルバリアンもぶるりと震えた。ゲイルは何度もアルレヒトを叱るためだと言って彼の部屋へと入り浸っていた。護衛も兼ねていたのだろうと推測したが、しっかりと説教もしたのだろう。

「とにかく、このままアル様を帝国内にとどまらせておくわけにはいきません。もう二度と逃げ出さないように、隣国まで付き添うことにしました。一度、国に戻って報告してからアミュゼカに向かいますので少し時間はかかりますが」

「それは仕方ありませんね。お気をつけていってらっしゃいませ」

確かに、アルレヒトを見張るのにゲイルは適任だろう。

王族といえども、一応は従兄で昔馴染みでもあるので扱いを心得ている。今はすっかりゲイルに怯えているようで御しやすそうだ。

「バイレッタ嬢には本当にご迷惑をおかけしてしまい申し訳ありません。何か、罰を与えたければ、ぜひこの場でおっしゃってください」

「罰、ですか」

ゲイルが告げれば、嬉々とした様子でバルバリアンが口を開いた。

「なんでもいいですよ、一生この地に足を踏み入れるなでもいいですし、二度と他の女に声をかけるな、でもいいです」

「おい、なぜバルが喜んで提案しているんだ」

「愚かな主人の計画に乗って僕までこんな可憐な人に嫌われるのは本意ではありませんから。何より護衛してくれているゲイル様に恩を仇で返すようなことをして、恥ずかしくないんですか。アナルド様にだって散々世話になっておきながら……」

「ゲイル様だけでなく、旦那様もですか？」

ゲイルは従弟であるから助けに動くのはわかるとしても、アナルドが自主的にアルレヒトを護るとは考えもしなかった。

「ええ。どこのメイドの動きが怪しいとか新しく雇い入れたのは誰だのと細かい情報をいただきました。おかげでアル様を護衛しやすくなりましたので、助かりましたよ」

「ゲイル様のおっしゃる通りですよ。本当に愚かな……主人にこれ以上の愚行を繰り返されるのも腹立たしいので」

「なんだと、裏切り者！　お前はそれでも、私の一の侍従かっ」

アルレヒトの言葉を皮切りに主従の醜い争いが始まった。

「最初から諦めてくださいとご助言申し上げておりましたが！　アルレヒト様が海を見たいとか言っておひとりでふらふらしていたところを見初められたとお聞きしましたよ。しかも手まで出されたとか。つまり、自業自得ではないですか。だというのに、逃げるだなんて往生際の悪い……」

「知らなかったんだ、そもそも一夜限りの相手だぞ。どの女かなんて覚えているわけがない！」

「一度はお手付きするくらいなのですから、好みは好みだったんでしょう、諦めて婿入りしてください」

「いやだ！」

「いい年をしてそんな子供のような我儘が通るとは思わないでください。そもそも怒らせちゃいけない相手くらいわかるでしょうが！　ゲイル様はともかく、あれほど怯えていたくせにアレを怒らせるとはどういうことですか。絶対に触れるな危険とかのヤバイ方ですよ！」

「だからお前に動いてもらったんだろうが。なのにあっさりばれて――本当に不甲斐ない従者だっ」

「あーやっぱりそうだったんですね。いつもなら嬉々としてバイレッタ様に言い寄るはずなのにそんな素振りも見せず、ゲイル様をけしかけるのも僕にやらせるからおかしいと思ったんですよ。従者に苦労をかけるなんて最低の主人ですからね⁉」

「馬鹿者、あんな恐ろしい思いをしてから言え！　冷ややかな視線だけで人を殺せるような男だぞ――」

「ほう？　面白い話をしていますね。それはまさか俺のことですか」

主従の争いを前に、アナルドがにこやかに微笑む。

「このように殊勝な態度ですから、なんでも申し付けて大丈夫ですよ。バイレッタは何がいいですか。鞭打ち？　崩れた水防の土嚢を積ませましょうか。それとも二人にも媚薬を飲ませて部屋に放り込んだほうが楽しいですかね」

「ちょ、待てっ、それだけはやめてくれ！」

「じ、慈悲をくださいっ」

アナルドの提案に、揃って顔面蒼白（そうはく）になった主従をゲイルは呆れたように見つめている。止める様子はないので、彼も相当に腹に据えかねているらしい。

「おや、それほど喜ばれるのでしたら、ぜひ実行していただきましょうか」

「お手伝いしますよ、アナルド様。きっと人生観が変わるほどの良い経験になります」

至極穏やかな顔をしたアナルドに、ゲイルが大きく頷いて賛同する。

このままでは、とんでもないことになりそうだ。

バイレッタは努めてのんびりと口を開いた。

「何をしてもいいですよね？」

「そうですね」

「もちろん、お好きなようにどうぞ」

アナルドとゲイルが大きく頷いてくれた。

「では、ゲイル様。少々、剣をお借りしてもよろしいでしょうか？」

騎士の相棒ともいえる剣を借りるのはとても心苦しいが、この場を納めるのには何よりもふさわしいような気もする。

「え、ええ、どうぞ」

鞘ごと渡された剣を受け取って、すらりと刀身を引き抜く。

「お、おい、バイレッタ……？　一応、私は王族で——」

「ですが、この場では何をしても無礼講なのですよね？」

にっこりと微笑んでみせれば、主従は真っ青になって震えている。

仲が良くて何よりだ。

「私、今欲しいものがありまして」

「な、なんだ？」

「スワンガン領地からナリスまでの整備された街道です。それもわりと広いものが好ましいですわね」

ナリスと戦争していた頃は軍を派遣する関係で広めの道がとられている。近年ではゲイルがスワンガン領地から物資を運ぶために使用していた。けれど戦争をしなくなって久しく放置された道は、隣国の手前なかなか整備が難しい。手を入れてナリスから戦争を起こすつもりかと勘繰られても困るからだ。

「街道？　まさか侵略……？」

「違いますが、そんなふうに勘違いされると困るので、アルレヒト様のお名前を貸していただきたいのです」

「そ、そんなことでよければ」

「ついでに街道を整える費用も全額賄っていただけるとありがたいですわ」

「そんな金はないぞ！」

「え、でも国婚ですよね。もちろん、アミュゼカから支度金が渡されるはずです」

国同士の婚姻であれば、莫大な金額が動く。そもそも国としてやや劣っているとされるアミュゼカは守銭奴の国でもある。金のためならなんでもする野蛮な国として名前が知られているが、儲けている金額も桁違い。そしてため込んでいると噂されていた。そんな国からの婚姻の申し入れだ。支度金と称してかなりの金額がナリスに支払われるのは簡単に推測できた。

「あ、あれは私の支度のために……」

「馬鹿正直に全額支度金などに回るわけありませんよね。一部は使うでしょうが、ほぼ国庫に回りますよ。もちろん、全額寄こせと言っているわけではありませんが、道を整備するくらい簡単ですよね？」

「そんなの無理に――ひいっ」

アルレヒトが血相を変えて答えた目の前に、バイレッタはざんと剣を床に突き立てた。

「できますよね？」

「は、はいっ」

「こちらの滞在費用と窓ガラスの請求、ついでに床に傷がついてしまったのでそちらの修理費用もすべて上乗せさせていただきますね。よろしくお願いいたしますわ。もちろん、バルバリアンさんもご協力いただけますよね」

これまでのアルレヒトにかかった費用を算出して請求書をきっちりと作成しなければ。

主従に優雅に微笑めば、二人は手を取り合ってこくこくと頷いている。

「ああ、それと。もう一つお願いがあります。よろしいですか――」

バイレッタは有無を言わさずに、お願い事を口にするのだった。

アルレヒトたちは帰国の準備をするということで、バイレッタとアナルドは与えられた部屋へといったん引き上げることにした。

夫はひたすら無言で廊下を進んだが、部屋に入った途端に、ひどく静かな声音で呼びかけられた。平板な声は、底に孕んだものを無理やりに抑え込んだような、抑揚のつめた。

「バイレッタ、本当に罰があれでよかったのですか」

項にいつものピリリとした痛みが走って、バイレッタは慌てて扉の前に立つ夫を見ないものだ。

返事を間違えれば、これまで築き上げたすべてが瓦解しそうな不安定な緊張の中で、アナルドのエメラルドグリーンの瞳を見つめる。

「もちろんですわ」

「自分の身を犠牲にしてまで、ご立派なことだ。そうですね、貴女もゲイル殿と同様に、頼られると弱いですからね」

「そんなことは、ありませんけれど。特に大きな被害にはなっていないので……」

否定したバイレッタの声は普段とは比べものにならないくらい弱い。

「被害になっていない？」

もともと無表情の夫から、すとんと感情が抜け落ちた。

まさに人形のような容貌に、盛大に地雷を踏み抜いたことを悟る。

だが、どうすれば抜け出せるのか全くわからない。

戸惑っているバイレッタに大股で近づくと、アナルドはそのままソファに座らせた。

「随分とお疲れのようですね。こうして簡単に押し倒せる」

「何を……っ」

バイレッタの足腰が立たないのは、主に好き勝手した目の前の男のせいである。だが、まあその状況を生み出してしまったのはバイレッタなので文句は呑み込んだ。

アナルドはバイレッタを囲うようにソファに手をついている。押しのけようと手を添えても、びくりともしない。その腕を解くつもりはないらしく、剣呑な光を宿らせた瞳で見下ろしてくる。今までの甘やかな優しさは微塵(みじん)もなく、むしろ『冷血狐』に相応しい怜悧さだ。

今ここに、探しに行きたいほど切望していた冷酷無比と名高い中佐が戻ってきた。しかし、なぜか嫌な予感しかしない。

いくら剣を扱えても成人男性の腕力に敵(かな)わないことはわかっている。だからこそ、バイレッタは口で対抗するのだが、アナルドはそれさえ許してくれない。せいぜい何を言われるのかと身構えるだけだ。

「ゲイル殿に、みだらな姿を見せつけたとか。楽しかったですか？」

「な……っ、記憶にございません！」

楽しかったかと聞かれれば全くそんなことはない。どちらかと言えば、ゲイルに対しては巻き込んでしまって申し訳ないとしか思えないが、アナルドは納得しかねるような声を出しただけだ。

「ふうん、そうですか。すっかり快楽に染まって溺れていたようですが。ずいぶん嫌だと譫言をつぶやいて乱れていたとか。ゲイル殿が言ったことは本当ですか」

ゲイルからあの部屋の中の様子を聞いたのだろう。

バイレッタの意識がはっきりした時には、この部屋でアナルドに組み敷かれていたから、自分がゲイルに何を語ったのかなんて一つも覚えていない。

「何一つ私は知りませんわ。覚えていないのです。閉じ込められて逃げ場はなかったのですから、不可抗力ですよね。それに事実だとしても、何も問題なく終わったでしょう。もう過ぎたことですから」

「なるほど。終わったことは気にしない貴女らしい。これまで噂を流されても刃物を向けられても、報復を考えていないんですから。根に持たないというのは美徳ですが、俺はとても我慢できない」

「助けていただいたことには感謝しておりますし、ご迷惑をかけたことは謝罪いたします。けれど、旦那様が許せないとおっしゃられるなら、私にはそれをどうすることもできませんわ。どうぞご随意に処断なさってください」

不可抗力といえども、閉じ込められた部屋で夫以外の男と二人きりで過ごしたことは事実だ。浮気だなんだと責め立てたいならバイレッタは甘んじて受け入れる他ない。

「それで、俺が貴女と離縁してほしいと言うとでも？」

「そうお考えならば、私は受け入れるだけです」

何を告げたところで、アナルドの怒りが解けることがないのならバイレッタは要求を呑むしかない。相手に怒りを覚えてまで一緒にいる必要などどこにもないのだから。

「ははは、そうですか！」

アナルドはなぜか笑い声を上げて、ぞっとするほどの酷薄な笑みを浮かべた。

バイレッタの中に激しい警報が鳴り響いたほどに。

「ああ、本当に俺の妻は残酷ですね……きっと俺の感情も貴女は何一つとして理解できないのでしょう？」

冷酷非情なのは、アナルドの専売特許だろうに。勝手に自分を評価しないでほしい。

「怒っていらっしゃるのはわかりますわ」

ゲイルと密室で二人きりになって媚薬で意識が朦朧（もうろう）としていたことは失態だった。己の非は認めているし、アナルドが助けに来てくれなければ今頃どうなっていたのか考えるのも恐ろしい。だが、結果論としてこうして無事でいる。首謀者であるアルレヒトは反省して隣国に戻るというし、契約も取り付けた。むしろ事態はバイレッタにとって好都合に運んでいるのだから、喜ばしいことだ。

今のところ、自分の感情の中には怒りなどといった負の要素はない。

だからこそアナルドに迷惑をかけたことへの謝罪が欲しいのならいくらでも謝るが、彼の怒りを鎮める方法は全く見当もつかないのだ。

ゲイルと二人きりになって閉じ込められた迂闊さを責められているのなら、バイレッタは粛々と受け入れるというのに。

「怒り？　そんな単純な話ではありませんが、貴女にとってはその程度のことなのでしょう。そんな相手にいくら説明しても無駄ですね」

「実際に旦那様が何をお考えでいらっしゃるのかわかりませんから、説明が無駄だとお考えなら仕方ありませんわ」

ゲイルとは何もしていない。話をしていただけだ。それなのに、アナルドの中で不貞だと決まっているのなら、それを覆せるほどの証拠がない。ゲイルが何もないと説明したところで口裏を合わせたと言われればおしまいだ。水掛け論になるのは目に見えている。何より、覆したいと思うような熱意もない。

バイレッタが言葉を重ねれば重ねるほど、夫の瞳が冷ややかになる。空気がいたたまれないがどうする術も持たない。

「……責めることすら、俺に許してくれないのですか」

「今、十分に責められていると思いますけれど。私は何を謝罪すればいいのかしら。言葉にしていただかなければわかりませんわ」

言ってもらわなければ察することもできないなどと、口にするのも腹立たしい。今までは相手の態度や顔つき、雰囲気や視線でおおよそのことを読み取って先回りしてきた。相手の機微に敏い(さとい)のも商人の鉄則だ。それがアナルド相手には全く通用しないのだから、心底嫌になる。

屈辱感でどうにかなりそうだ。

「この状況が、不愉快極まりないわ」

「こちらも愉快ではないですね。残酷な妻を改心させたいだけなのですが、ここまで不快だとは思いませんでした。ただ、貴女の場合は自信がないのが問題なんですかね」

「侮蔑ですか」

他の男に自信がないのかと問われれば、侮られていると感じるはずだ。だから、いつものようにせせら笑う。けれど、心の中では沸々と怒りが湧く。

いつもなら、覆すことは簡単だ。バイレッタは常に自信に満ち溢れて堂々とした姿を心掛けているのだから。相手の目が節穴なのだと指摘すれば、それで事足りる。だというのに、アナルドが相手となると感情が波立つ。

上手く振る舞うことすら、どうすればいいのかわからなくなる。らしくないことはわかっている。

だから、嫌なのだ。

誰かを慕うことなんて。

きっと弱くなって愚かになるから。母のように相手に依存して溺れてしまうから。

「俺の妻はどんな相手にも寛容だ。いっそつれないほどに。それほど自信がないのも業腹ですが、理解してもらうためにも言い聞かせるしかないのですかね」

「どういう意味です？」

「賭けをしましょう、バイレッタ」

「賭け？　また、遊びですか。この状況で乗るとでも本気でお考えですか」

「もちろん、俺のほうが有利でしょう。貴女は嵌められたとしても、間男と二人きりで部屋に籠もっていたのだから。夫に責められれば、言い逃れはできない」

「言いがかりです。ですから、閉じ込められていたと言っているでしょうにっ」

いかがわしい言い方をしないでほしい。

まるでバイレッタが意図してゲイルを誘惑したみたいではないか。

「聞き入れてほしいなら、賭けをしましょう。貴女が勝てば、もう二度とこの件で貴女を責めません」

「もともとやましいところはありません」

「ですが、迂闊でしたでしょう？」

迂闊だったかと言われたら頷くしかない。

アナルドが来てくれなかったら、自分がゲイルに何を口走ってしまっていたのかは簡単に想像がついた。

あんなに優しい人をこれ以上傷つけたくなどないというのに。

アナルドに助けられたのは事実だ。

迷惑をかけたと言われるなら、彼の遊びに付き合うのは仕方がない。

そうでなければ堂々巡りの平行線だ。

「わかりました。どのような内容ですか」

「では、次に俺に会った時に貴女が決めた言葉を言わせます」

「私が決めた言葉でよろしいのですか」

「もちろん。簡単でしょう？」

あっさりと頷いた夫に既視感を覚えた。これは、夜会の夜と同じ光景ではなかろうか。あの時は簡単な賭けだと思った。アナルドは自分を勝たせるために易しい内容を選んでくれたのかもしれないと考えた。

だが、結局はアナルドが勝者だった。

次は同じようにいくことはないだろう。夫が誘導したところで、気をつけているのだから言うはずがない。だが気を引き締めるべきだ。

バイレッタは絶対に自分が言わない言葉を思いつくままに並べる。

愛してる、可愛い、大好き……。

会った時にという想定だとするなら、離れていて寂しかったとか？

羅列した言葉はどれも、バイレッタが身悶えするくらいに恥ずかしいと思う。

つまり、絶対に言いそうにない言葉だ。

バイレッタは一つ頷いて、絶対に自分が言わない言葉を紡いだ。

「『会いたかったわ』にします。この賭けに、私が勝てば本当に水に流していただけますわね？」

「ええ、もちろん。ですが、ぜひとも貴女から聞きたい言葉ではありますね」

絶対に夫に向かって言わないだろう言葉を選んでみたので、彼が聞く日はこないだろうと勝気に微笑むにとどめる。

そもそも今日まで一緒にいて、明日も一緒にいるだろう相手にそんな言葉を吐く状況など起こらないだろうに。バイレッタは自身の勝ちを確信する。

「そうですね。もしこの賭けに勝ったら、俺は貴女に泣いてほしいとお願いしますね」

泣いて謝罪しろとでも？

相当に腹に据えかねていることはわかったが、こちらだってもちろん引くつもりも負けるつもりもない。

けれど翌朝を楽しみに目覚めたら、夫の姿はすっかり見えなくなっていたのだった。

朝食の席でバイレッタはアナルドの姿がないことに、違和感を覚えた。別に一緒に食べることを約束していたわけではないので、たまに夫が先に食べることもあるし、逆もそうだ。だというのに、ふと感じた違和感にバイレッタは食後、バードゥを探してまでアナルドの行方を問いかけた。

「若様なら、ご出立されましたが」

「どちらに出かけられたのかしら」

バイレッタが問いかければ、バードゥは愕然とした顔をした。

「若奥様はお聞きになっておられないのですか？ 先日、軍より召集がありまして次の戦地へと向かわれましたよ。北のほうとはお聞きしておりますが、詳細は存じ上げておりません」

まさかの仕事だ。

しかも戦地ということはしばらく戻ってこないということに違いない。

「――またっ」

嵌められた！

バイレッタは心の中で絶叫した。

「わ、若奥様……？」

「いえ、なんでもないの。気にしないでちょうだい」

気色ばんで悶えるバイレッタに、執事頭が怪訝そうな瞳を向けてくる。慌てて手を振って問題ないと伝えたが、内心は荒れ狂う感情を抑えるのに必死だ。どす黒い塊が、まるでどろどろに溶けた溶岩のように渦巻いて溜まっている。

何が賭けだ。

彼は次に会う時までには内容を覚えていないに違いない。

いや、むしろバイレッタが忘れてしまうことを望んでいるのか。次に会うのが何ヶ月後になるのかは知らないが、数日ということはないだろう。

つまり、あの一件を水に流すつもりなどないのだ。いつまでも責め続けたいからこそ、賭けなどと言ってその場をやり過ごしたに違いない。

それほど気に入らないのならば、離婚してくれればいいのに。

不貞でもなんでも理由などつけられるのだから。

「ひどく急いでおられましたから、きっと伝え忘れられたのでしょう」

バードゥが取り繕ったように慰めてくれるが、もちろんバイレッタにはなんの効果もなかった。

「いえ、本当に、大丈夫だから。そうそう、アルレヒト様が帰国なさるそうなの。準備に人手がいるようだったら手を貸してあげてちょうだい」

「ええ、ゲイル様より伺っておりますので、手伝いをつけてありますが……あの、若奥様……」

「そう、ならいいの。忙しい時に呼び止めてしまってごめんなさいね」

なんとか笑顔を作って、もの言いたげな執事頭からそそくさと逃げ出すのだった。

アナルドがいなくなったところで、バイレッタのやることは変わらない。そもそもスワンガン領地にやってきたのは温泉場の集客率を上げることだ。そのためにこれまでの温泉場の税収や人の動向を調べたりしてきたのだ。

スワンガン伯爵家のお家取り潰しの危機を回避できた今、やるべきことは温泉場を有する関係者を集めた会合に集中するべきだ。

今回の会合は領主館で開催されるため、順次人が集まっていた。真冬のスワンガン領地内の移動は帝都からやってくるほどではないにしても、それなりの時間が必要になる。そのため、何日も滞在できるように各部屋を整えさせている。

アルレヒトが滞在していた時とはまた違った忙しなさが領主館を包んでいる。バードゥとて暇ではないのだ。それにもかかわらず、アナルドのことを気にしているのか、気遣うような視線を向けてくるのでバイレッタは努めて気丈に振る舞った。

そもそも各町の代表者や関係者同士は今回のことで随分と仲が悪くなっているようだ。階を分けて宿泊させていたが、小さな揉め事が増えた。こうして一ヶ所に集うのは初めてなので、お互いの不満をぶつけ合っているのだろう。

あまり長い間彼らを放置するわけにもいかない。そのため、関係者が全員揃った時点ですぐに会合を開くことにした。

そうして会議室とされた一室に集まった面々は、皆一様にお互いを牽制している。

近隣のみならずスワンガン領地の温泉場を有する町長が全員集まっているのだから当然だろう。一番古い温泉場を持つ組合長もきちんと出席していた。また、領地で主立った商会の商人たちも集めている。彼らの中では相手が客を奪う敵のように感じているのだろう。

そんな関係者が一堂に会しているのだから、当然の空気かもしれない。

古い温泉場は客が減っているのを如実に感じているだろうし、新しい温泉場を有する町は思ったほどに客が増えないことへの苛立ちを隠そうともしない。

真ん中の領主席を左右に分けて、相対する形で地域ごとに関係者を集めたのが問題なのか。いや席次など最初から関係なく、問題しかない。領主館に宿泊している間に確執は深まったようにも思われた。

「スエルのやつらはこちらの客を取ったんです」

「何を言う。いつまでも古い屋敷を使い回しているからだ。人は新しいものに目移りするものだろう。それにケニアンの町のほうこそ新しいから客が動いているというではないか」

「そもそも、テランザムの町の飯屋はまずいと聞いたぞ。うちのほうが居心地はいいはずだ」

「そちらの商人が粗悪品を売りつけているのではないのか」

「馬鹿にするな。ゴッズウェル商会は、ずっと良心的だ。そちらのほうが悪質ではないか」

あちこちで口論が絶えず、義父は真ん中に座ったまま不機嫌そうに彼らの言い争うさまを眺めている。

温泉組合長だけは、ワイナルドの隣にいて所在なさげに座っている。義父を挟むように反対側の席に着いていたバイレッタは隣に立つバードゥに視線を向ける。

「皆様、定刻になりましたので今回の会合を始めさせていただきます」

「領主様、こうして集めたということは何か策があるんですよね」

「古い温泉場のやつらは客を取ったと言いがかりをつけてくるのです、なんとかしてください」

「本当のことだろうが、それなのに新しい温泉場のやつらは文句ばかりだ」

「一度、こちらに来た客が二度と来なくなればそちらの妨害も疑いたくなる！」

「何をっ！　言いがかりだ」

「うるさい、とにかく話を聞けっ」

仏頂面で中央に座っていたワイナルドが一喝すれば、彼らはぴたりと口を噤んだ。

早めに不満が噴出してありがたいことだ。これが何年にもわたっていたら確執が広がって深い溝ができていたことだろう。今回の提案も受け入れられなかったに違いない。

バイレッタは静かになった一同を見回して、ゆっくりと口を開く。

「皆様、話を始める前にお手元の資料をご覧ください。一ページ目はこれまでのスワンガン領地の主な温泉場とそれぞれの組合の組織図になっています。二ページ目は過去十年ほどの宿泊客とその推移になります」

「組織図など、なんの役に立つんです。温泉場と宿屋と町長と商人が組むのは当然ではありませんか」

「そうですね、これまでの流れはそうでした。ですが、ここ近年の宿泊客は減りつつあります。長年戦争をしてきたので、湯治に来られる方が減ったというのもあります。また、大きな戦争が終わって、皆が娯楽に走り出したということも考えられます」

「皆が娯楽に走るのはよいことなのではありませんか？」

「そうです。ですが、今年のスワンガン領地の宿泊客は増えてはいないのです。むしろ横ばいなのがわかりますでしょう」

「何？　そんな馬鹿な」

　皆が客を奪われたと感じているのは、全体的に宿泊客が分散しているからだ。昔はテランザムにしかなかった温泉場が、最近になって増えた。そのおかげで宿泊地は増えたが、客は一定しかいなかった。戦争帰りの帰還兵が湯治のためにやってくるとしても、全体で見れば僅かな動きでしかない。

　その上温泉場が増えたので、それぞれの温泉場に来る客が減っているとお互いに詰り合っている。古い温泉場は全体的に客が減っていると感じているし、新しい温泉場にいたっては古いところほど客の入りが悪いと考えている。全体の客が一定なのだから、当然の考えではある。つまり、個々の温泉場だけを見ていることが問題であった。

「そこで、こちらで提案したいのは新しい組織体制です」

「新しい組織体制ですか？」

　バイレッタは言葉を切って、新旧温泉場に関わる人々を眺めた。

　目にしっかり光が戻っているところを見ると、ようやく争っている場合ではないということに気がついたのだろう。

「はい、新しい温泉組合を作ります」

「待ってください、それではあちこちで温泉組合ができるということですか？　そうなると統制も何もできるものではありませんが」

「そうですぞ。何より古いから我々を見捨てるということですか」

温泉組合長とテランザムの町長が揃って声を上げる。バイレッタは首を横に振った。

「既存の温泉組合を大きくすると考えていただければよろしいかと思います。この温泉組合は、スワンガン領地の温泉場を持つ町が権利を有します。権利のある町は組合員証を発行しますが、この組合員証は購入していただきたいのです。そしてこれは必要なことなのですが、一年に一回の更新制になりますので注意してください」

「なんだって？」

「更新ごとにまた再度料金を支払ってもらうシステムです。ですが、組合員証を持っている温泉場は相互に協力してください。客の取り合いにならないように、それぞれ独自のテーマで町を作り変えていただきたいのです。組合員証はその建築費用の貯金と考えていただけるとわかりやすいと思います。その組合員証のメリットは次のページに書かれているところをご覧ください。温泉場のテーマはその次のページです」

バイレッタは、次々と資料を提示していく。

「例えば、一つは家族が楽しめる規模の親しみやすい街づくりにします。一つは貴族たち向けの高級志向にします。一つは長期療養型にして、一つは日帰りや一週間程度の短期滞在向けにします。いかがですか？」

「しかし、これはなかなか費用のかかる……」

「そうだな、組合員証の値段が高すぎるのでは？」

「領地の運営を領主主体で行うのは当然でしょう、なぜ金を払ってその組合員証を手に入れなければならないのか」

発想としては面白いとは感じているようだが、権利を手に入れるための組合員証の値段が高額だと渋っているのだろう。確かに一年間の更新制での金額にしては高額だ。それぞれの温泉場の収益の一割を寄こせと言っているのだから。しかも定額ではなく前年度の見込み収益の一割である。温泉場の税収をとりつつさらに組合員になるだけで金銭を要求しているので渋られるのも頷ける。

「温泉の税金だけでなく別に組合員制にして組合費を払うというのは無駄に感じるかもしれませんが、多くのメリットがあるのです」

「メリット？」

「今は領地経営の一環ですが、組合を作ることで自治権を認めます。つまり、組合員証を持った組合員の裁量で事業の運営をお願いします」

「つまり発言権を買うことになると……それを認めていただけるのですか」

不安げに領主たるワイナルドに視線が集まる。

それを受けて義父は重々しく頷いた。実際には自分で考える分が減ると浮かれていたのをおくびにも出さない。さすがだなと呆れ果てる。

そんな義父を横目にバイレッタは続けた。

「そうです。ある程度の事業の保証もしますし、新しいことをしたければ組合費から出します。そのための貯金のようなものだと考えていただければわかりやすいかと。今回のように客が減った場合でも組合費は前年度の収入の割合ですから費用は少なくなりますし、儲けたところがあればそちらが補塡するという形になります。全体で落ち込んだ場合は、スワンガン領地から補塡することも可能ですしね」

「そういうことなら、まあ新しく組合を作るのもいいかもしれませんな」

顎を撫でながら一人がつぶやけば、他も唸りつつも納得しているような気配がある。

「温泉場のそれぞれの個性を出すのも自由がなければ難しいでしょう。その土地にあったやり方というのは携わっている方が一番よくわかっていらっしゃいますよね。ただ漫然とそれぞれが動くことも組織としては難しいので、統一性を持たせることも大事です。そのために、スワンガン領地では、温泉の地熱を利用して花を栽培します」

「花、ですか？」

「帝国はどちらかといえば寒いので、花は貴重ですよね。ですから、東に生育するセントレールという花を温室で育てます。温泉の地熱を利用するのでそれほど費用はかかりません。そして、この花は観賞用だけでなく食用にもなるのです」

「食用というと、食べられるのですか？」

「食べ物に使ってもいいですし、石鹸(せっけん)などに加工してもいいです。そのためのレシピを組合員証をお持ちの方には無料で教えます」

「な、なに⁉」

「町をどのテーマにするのかも相談に乗りますし、もちろん私の知識をフルに活用してもらって構いません」

「バイレッタ様の知識ですかっ」

これまで揉め事が起きれば、バイレッタが華麗な解決案を出してきたのを知っている町長や商人たちは色めきたった。

「ぜひ、その会員証を買わせてください」

「私たちも、欲しいです」

「何を！　こちらこそすぐに支払いましょう。用意があります」

「はい、ありがとうございます。値段は少し張りますが、まあ皆様が一丸となれば支払えない額ではありませんから、ぜひ検討していただけるとありがたいです」

バイレッタはにこりと笑ってみせた。

「ところで、話は変わりますが、近年の客の減少に歯止めをかける必要があります。いくらテーマを決めたところで、お客様が来なくてはどうにもなりませんからね」

「なるほど、それはそうですね」

「ですが、なかなか簡単に増やすことも難しいでしょうし」

「そこで、隣国からのツアー客を呼び込みます」

「ツアー客？」

「はい、手始めにナリス王国からお客様を呼ぶつもりです」

「ナリス王国ですか？」

「しかし、あちらからこちらへ来るためには少々道が悪いでしょう」

「山を越えるのも一苦労ですからね」

ナリスの国民が旅行にスワンガン領地に来るにはなかなか大変な旅程になるのは誰

もが理解していた。なにせ、道はあるものの雪山を一つ越えなければならないからだ。

「領主様にお聞きしましたが、昔、戦争時に使われた道を繋ぐ隧道があるのです。ゲイル様にも確認しましたが、どうやらその隧道はまだ使えるそうで、荷物の運搬も容易くできるほど広くしっかりとしているようなのです」

「隧道というと……あの昔、閉鎖されたという？」

スワンガン領地に長年住む者なら知っている隧道だ。ナリスと戦争をしていた際に山を掘ってトンネルを作り、隣国へと進軍するための兵士を送り込んだらしい。その工事はかなり大がかりなものであったと当時の記録を読んだバイレッタは感心したのだった。

「あそこは使えないようになっていると聞いていましたが……」

「停戦時に隧道を埋めることが条件になっていたので一度は塞いだそうなのですが、実は簡単に壊せるようになっていたらしいのです。まあ、大きな声では言えないのですけど、あまりに莫大な費用をかけて作ったので当時の領主様が惜しんだようで……」

ワイナルドの二代ほど前のスワンガン伯爵家の当主は停戦時の協定の条件を満たすために簡易に木で穴を塞いだだけだった。穴の前にいくつかの岩を置いて塞いだように見せかけていただけで、実は簡単に抜けられたのだ。その事実を隣国へ穀物を輸送していたゲイルから聞いたワイナルドは激怒していたが、むしろ怒っていいのはナリスのほうなのでバイレッタは心底呆れた。

そんな大穴を塞いだものだと思い込んだまま放置していることも問題だ。

相変わらず領主としての義父の手腕には疑問を感じずにはいられなかったが、余計な口を挟めばさらに仕事が増えそうで賢明にこらえたのは記憶に新しい。

今も義父に目を向ければ、不機嫌そうに閉口している。

会議に参加しているのだから、少しくらい弁明してくれてもいいのだが。まあされたところですぐに反論するけれど。

おかげで、隣国から人々が簡単に来られるということもわかったので、今回は活用させていただくことにした。

「しかし、その隧道が使えたとして、その先の道まではさすがに難しいのではありませんか。戦時に整えたきりで、大規模に修復はしていないのですから。費用がかなりかかるのでは？」

「その点は大丈夫です。街道整備用のお金もとある出資者が快く出していただけることになりました」

「出資者、ですか？」

「それは本当に信頼できる方なのですか」

「当然ですわ」

もちろん出資者はアルレヒトである。金を出さなかった場合は、今回のことをアミュゼカにばらすと脅すことも視野に入れているので絶対に逃がすつもりはない。

本来ならば組合費から支出しようと考えていたが、思わぬところから金銭を得られることになったのでバイレッタとしてはかなり得になったと考えている。アナルドには怒られたが、最終的に無事に終わって儲けられたのですべてが丸く収まったような気がしている。

「しかし、隣国が黙っていないのでは？　街道整備がツアー客を呼び込むものだと思わないでしょうし、国も快く思わないでしょうに」

「その点については隣国の説得はすでに終えております。後は皇帝陛下の裁可をいただくだけですが、そちらはお義父様が先日要望書を提出してくださいまして許可を待っているところです」

「今のところ、大きな反対意見は出ていないようだ。もう少しすれば裁可も下りるだろう」

ワイナルドが全体を見回しながら、面白くもなさそうに説明を加える。常と変わらぬ様子に、その場の面々は領主も納得していることなのだと理解した。

スワンガン伯爵家の領地没収やらお家取り潰しやらの噂の出所はわからないが、今のところは順調に物事は進んでいるように見えた。

「なるほどそれなら、安心ですかね。しかし道は大丈夫としても、ナリスの国民が旅行になど来ますかね？」

戦争をしていたのは昔だとはいえ、それほど交流があったわけでもない。

山を越えてやってくるか懐疑的になるのも頷ける話だ。

だが、バイレッタは自信満々に胸を張った。

「それが、ナリス王国では今、ガイハンダー帝国ブームが起きているのです」

「それはどういう……？」

「先の戦争で大々的な物資支援を行ったのはハイレイン商会でしょう。ハイレイン商会が帝国に拠点を置いていることはもちろん知れ渡っています。それに加えてゲイル様も他国から仕入れた穀物を配っていて英雄扱いなのです。そんなゲイル様がスワンガン領地に滞在しているというだけでも十分な宣伝になりますが、さらに先日こちらにナリスの第三王子殿下がゲイル様を頼ってお越しになられていました」

「ああ、領主館にお泊まりいただいた方が第三王子殿下でしたか。お忍びで来られた方が相当我儘で勝手ばかりをしていたと聞いていたので、何者だろうとは考えていたのですよ」

「相当に地位のある方ではないかなんて騒がれていましたよね」

一応お忍びだということで、アルレヒトの身分を大々的に公表はしていなかったが、彼らの中で領主館に泊まっていた客の評判が悪い。予想はしていたが、基本的に領主館から出さないようにしていたのに、情報に敏感なことである。まさか義父が吹聴したわけでもないだろうが、人の噂とは本当に侮れないものだ。

いや、本当に義父が漏らしていないだろうな？

若干、疑いを抱きつつ、バイレッタは首を横に振った。

「殿下はナリスではとても人気のある王族ですよ。身軽で気さくと評判です」

確かに王族らしい我儘さと傲慢さがあるけれど大らかで人好きのする第三王子だと有名だ。外交官や親善大使として各地を回っていたのも彼の人柄の所以だろう。

「ナリスでは憧れの存在でもありますので、彼が遊びに来たというだけで十分に話題性があります。その上東方大使でもあるので、さらに東の国からの集客も見込めるのです。ちなみに、彼は先日領主館にお泊まりいただき、スワンガン領地をたっぷりと堪能して帰国されています」

媚薬を盛られてゲイルと関係を持たせるなんて愚かな計画を立てたアルレヒトには、今回のスワンガン領地の盛り上げのために一役買ってもらうことになった。一役どころか、あちこちに宣伝してほしいと言っているので、何役にもなる計算だ。

温泉など入っていないけれど。

「なんと！」

「それは凄いですねぇ」

「隣国からのお客様の中で希望者には、アルレヒト殿下が泊まっていた時に使っていた部屋とそっくり同じ部屋に泊まれるように配慮します」

「それは、憧れます」

「楽しみになりますな」

「さすがはバイレッタ様ですね！　まさか隣国の国民に目をつけるとは」

「それもそうだが、まさかあの道を調べておられたとはなあ。きちんと整備するための算段までつけておられるところも凄いじゃないか」

「ああ、バイレッタ様は素晴らしいですぞ。温泉場にきちんと特色を出すというのは面白い！」

「まさにまさに。これぞハイレイン商会の黒幕というものですなあ」

「え、以前は裏の会頭だったではないですか、黒幕ってなんですか」

バイレッタは思わず問いただしてしまった。

いや、裏の会頭というのもどうかと思っていたが、黒幕だなんてもっと危ない。叔父をどうこうするつもりはないし、ハイレイン商会を乗っ取るつもりも皆無だというのに。

「そう噂されているのを聞きましたよ。なんでも先のクーデターでも随分とご活躍されたそうですね。ハイレイン商会の会頭も頭が上がらないとか」

「全く心当たりがないのですが、どういうことでしょうか」

「ははは、ご謙遜を。数々の武勇伝をぜひお聞かせ願いたい」

「さしずめ称号といったところですか、進化されましたな！」

「そうだな、めでたいことだ」

やいのやいのと騒ぐ会議室の面々の前で、バイレッタは乾いた笑いを抑えることができないのだった。

会合も無事に終わったので、バイレッタとワイナルドはスワンガン領地から帝都に戻ってきた。

戻ってきてバイレッタが体を休めていると、なぜか義父に呼び出された。

領地問題を無事に解決して集客率が上がる提案を出したので満足げだったはずなのに、すぐに呼び出されるとはどういうことだ。

義父の執務室に向かえば、珍しく肩を落としたワイナルドを見つけた。

応接セットのソファの背もたれに深く腰かけて、お茶の入ったカップをぼんやりと眺めている。

「お義父様、お呼びと伺いましたけれど。今度はどうなさったのです」

「ああ、来たか」

ワイナルドは体を伸ばして、思案げに瞳を揺らした。

「なんです、言い渋るだなんて珍しいですね」

気持ち悪いという言葉はなんとか呑み込んで告げれば、安定の渋面を向けられた。

「本当に、貴様は減らず口を……」

「領地から戻られたばかりでお疲れのようですわね。もう今日は仕事などせずにゆっくりされてはいかがです？」

いつもの文句にも勢いがないので、思わず労れば義父ははあっととても深いため息をついた。

「本当になんなんです？　陛下から街道整備の許可でもおりましたか」

領地にいる間に行政府に街道を整える許可を求める書状を送った。最終的には皇帝の裁可がないとどうにもならないだろうと踏んで、返事は来ないと考えていたが、もう返ってきたのだろうか。

「そちらは今、止められているそうだ」

「止められている？　なぜですか」

「軍から要請が来たらしい。それと我が家にも軍から通告書が届いていた」

「軍からですか。アナルド様がどうかなさいました？」

軍から直接義父宛てに手紙が届くなど穏やかなものではないだろう。特に通告書ときた。

通告書は本来、一方的に軍から言い渡される報告書だ。こういうことになったので同意することといったような反論など受け付けない文書になっている。

「あのバカ息子は関係ない……と思われるが。とにかく、内容はお前だ」

お前って誰だ。

あ、自分か。

「私ですか？　何もしておりませんが」

全く心当たりのないバイレッタは、ゆっくりと瞬きを繰り返す。何度見ても、義父の渋面は変わらない。

そんな彼は一通の書簡をバイレッタに渡してきた。

確かに帝国軍のシンボルが透かして見える特別な用紙を使っている。

正規の軍が使う書簡のようだった。

その紙面を見つめて、バイレッタは正直、書いてある内容がよくわからなかった。

敵国と内通しているバイレッタ・スワンガンと直ちに縁を切るものとする——要約するとそのような内容の通告書だった。

茫然と紙面を眺めていれば、ワイナルドは心底疲れたように言葉を吐く。

「今、隣国のアミュゼカが攻めてきているらしい。その国と密通しているような嫁を身内に囲っているような家は帝国の敵だとのことだ」

「……傭兵国家ですよね。なぜ帝国侵攻するのです。どこの国と手を組んだのでしょうか」

「一番ありそうなのは南西の国と組んだのではないかとの話だったが、詳細は知らん。

ただ、あやつが領地から慌てて向かったのは、この侵攻と関係があるのだろうな」

「この時期にですか？　冬の雪山を進軍してくるとはあまりにも命知らずですが」

「そんなこと儂が知るわけないだろう。とにかく現状、敵が攻めてきてお前が疑われているのは事実のようだ」

「敵が攻めてくることがあり得ないというわけではないのですよね。それこそ私は関係ありませんけれど」

いや、全く身に覚えがなさすぎて、バイレッタは言葉の意味がわからなかったほどだ。

密通。それも敵国と。

アミュゼカなんて、アルレヒトがいなければ関わることなんてない。

「アルレヒト様がスワンガン領地にいたことと関係がありますか？」

「勘繰りたくなるようなタイミングではあるが、夜会の時から囁かれていたのだとしたら別件である可能性が高いな。何より、アミュゼカの進軍時期と合わんだろう。まあ、後押しくらいはしたかもしれんが。お前こそ、何か心当たりはないのか」

「いいえ、全くありませんが。アミュゼカは海が綺麗だってことくらいしか知らないですよ。もしかしたら叔父が何かしているかもしれませんが、あの人が帝国を敵に回すようなことをするとは考えられませんから違うでしょう。それに問題があればすぐに知らせてくれます。ですが、私に心当たりがないからといって、このまま済むとは思えませんわね」

「その通りだ。とにかく現状のままでは我が家は潰される。そのため、お前との離縁を命じられた」

「なんてこと……では、そのまま離縁してください」

セイルラオが言っていたことは、厄介な客が来てスワンガン領地のはく奪に繋がるという意味ではなかったのか。こうなってくると何が原因だと特定するのも難しい。けれど通告書にあるようにバイレッタが原因だというのなら、縁を切ればいい。そうすれば、ひとまずスワンガン伯爵家の爵位をはく奪するほどの罰は与えられないはずだ。だからこそ、警告の意味も込めて軍は義父に通告書を送りつけてきたのだろうから。

「お前を家から放逐したところで、お咎めなしとはいかないだろうが、一つの選択としては考えておく」

「そんな悠長なことを言っている場合ですか。便箋と封筒をお借りしますわね」

バイレッタは義父の執務机に備えられていた便箋を借り、一気に書き上げると封筒に入れてさっさと封をする。

それを義父の前に置いた。

「旦那様に送っておいてください。お世話になりました」

「また離縁状か。書き慣れているのか随分と手早いことだ。短慮を起こすな、とにかく何か方法を考える。そもそも心当たりがないのだから、下手に動くと余計にこじれるだろうが」

「お言葉ですが、お義父様。この手の話は一度疑いを持たれると払拭するのが難しいのです。スワンガン伯爵家の未来を第一にお考えください」

「お前はいつから家門に忠誠を誓った者どもと同じようなことを言うようになったんだ」

「何をおっしゃられるのです。旧帝国貴族の家門の中でもスワンガン伯爵家は素晴らしいですわ。過去の栄光にしがみつく愚かな権力者が横行する中、しっかりとした領地経営を行い、将来性もまだまだあります。土台を築く一助になれたと私が胸を張れるほどに力を注いだのですから、当然ではありますが。領民たちも穏やかで真面目、何より土地を愛する者たちばかりではないですか。領主として彼らをないがしろにするような選択をすべきではありません。そもそも私の苦労を無にするような行いはやめてください」

「突然の褒め殺しか。自分の功績をちゃっかり入れるところは呆れ果てるが……全く、何から突っ込めばいいのやら……この根っからの商売人が……っ」

「あら、褒め言葉をありがとうございます」

「お前の魂胆はわかっているぞ、息子と喧嘩でもしたんだろう」

急な話題転換に、思わずバイレッタは息を呑んだ。

会合が終わった後も、スワンガン領地から戻ってきてからも、義父は一度もアナルドのことを尋ねなかった。つまりいつものように興味がないのだろうと安心していたというのに。

「突然、なんのお話ですか」

「ここしばらく、お前の機嫌が悪いことはわかっていた。あやつが黙って戦地に向かったことを怒っているのかもしれないとバードゥが随分気に病んでいたからな。もちろん、原因は別のことだろうが些細な諍いですぐに離縁を切り出すんじゃない」

「あの、お義父様……」

「どうせくだらんことだ。わかっているから儂に説明する必要は全くないが、今回のことにかこつけて出ていくんだろう」

疲れたような声音は、なんとか絞り出されたもので、バイレッタは申し訳なくなりつつも深く頷く。

スワンガン伯爵家の爵位はく奪などと難しい局面で義父だけに立ち向かわせるのは心苦しいが、このまま居座っていてもバイレッタは厄介者になるだけだ。それに、アナルドが許さないだろう。

ただでさえ、妻に怒っていた夫なのだから。

「軍からの通告書ですのよ。ここにいるのは得策ではございませんし、夫も今回ばかりは離縁には同意すると思いますわ。というか、この手紙をアナルド様が差し向けたのかもしれません。私、彼を随分と怒らせてしまったようですから」

「あの感情に疎い息子が怒る？」

想像もつかないと言いたげな義父に、バイレッタは力なく頷く。

「ええ、実際に愉快ではないと告げられておりますから」

「全くお前たちは何をやっとるんだ……つまり出ていくことは変わらないんだな。それで、これから何をするつもりだ」

ワイナルドが見下げ果てたというような視線を向けてきたので、バイレッタは居心地が悪い。

「いい機会ですし、しばらくは自分の商売に専念しようかと」

「はあ、全く強情っぱりめ。出ていくことは認めよう。だが、連絡はつくようにしておけ」

「かしこまりました。何かありましたら、ハイレイン商会の叔父宛てに連絡をください」

バイレッタは必要なことを告げると、頭を下げて執務室を後にするのだった。

転章　上官命令と愛妻の浮気

「君さ、バイレッタと離縁してもらうことになったから」

上司の言葉に、アナルドはぴたりと動きを止めた。

まばらに人の入っていた駐屯地の食堂は、今ではシンと静まり返っている。

そんな中、上ずった声が響いた。

「ちょ、閣下。何をおっしゃって……冗談でしょう？」

「僕がこんな時に冗談を言うとでも思うの」

「残念ながら、閣下ならありそうですけど。そもそも、この婚姻は――」

必死な様子で上司に食い下がる友人の言葉を、アナルドは静かに継ぐ。

「閣下が、俺に勧めてきたのだと理解していたのですが。ここにきて、突然離縁しろとは不思議な話ですね」

「まあ、あの時はね。僕の見る目がなかったってことなんだろうけれど、今は状況が変わってね。聞いているんじゃないの、バイレッタにスパイ容疑がかかっているって。手紙が届いたんだろう」

「あいにくとそのような内容ではありませんでした。妻に、スパイ容疑ですか？」

アナルドの思い浮かべる妻の姿に、どうしてもその単語が結びつかない。

「そうなんだよ。今、攻めてきている敵軍と密通しているらしい」

バイレッタが敵軍と密通？

だから浮気はだめだと言ったのに。よりによって、敵軍とは。

最愛の妻はどうにも人に好かれる。悪女の噂は別として、人に囲まれていることが多い。屋敷の使用人しかり、領民たちしかり。きっと仕事場でも慕われているのだろうということは易々（やすやす）と想像できた。

どこかで見初められたか、もしくは出会って関わっているのかもしれない。天性の人たらしだ。

「僕も驚いたけれど。そういうわけだから、将来有望な幹部候補の君と一緒にいさせるわけにはいかないだろう。何より君の家にも不名誉なことじゃないか」

この年で中佐という地位についている時点で幹部候補だということは理解している。確かに妻のせいで将来の出世の道が絶たれるというのであれば、問題なのかもしれない。

家に迷惑がかかるという点についてはは父がどういう反応をするのかが気になるとこ

ろだが、妻を気に入っている様子を思い浮かべれば懐疑的ではある。

アナルドはそこまで考えて、ふっと口角を上げた。

胸中を訪れたのは、どちらかといえば喜びだろうか。

こんな時に不謹慎かもしれないが、愉快な気持ちになったともいえる。

「お、おい。黙っていたら別れさせられるぞ。閣下は本気だ」

友人がアナルドの肩を揺する。

その手をゆっくりとどけて、まっすぐにモヴリスを見つめた。

「どうしたのさ」

アナルドの様子を観察していた上司は、怪訝そうに首を傾げるだけだ。

「決定ですか？」

「証拠があるし、証言もある。『閃光の徒花』だなんて噂されるくらいだからね。まさに素早い動きだよね、こちらに気取られる前にそんな大それたことをしているだなんてさ。まさか身内の嫁にしてやられるとは思わなかったけれど、軍にとってはとんだ毒花だろう」

妻の二つ名があちこちで囁かれているのは知っていたけれど、今回の件も絡んでいたとは。なるほど、噂が回るのも早いわけだと納得する。

「今、帝都で離縁の手続きに入るように調整してもらっているよ。伯爵家の方にも離縁するように要請が出たはずだけれど。要請というか通告書かな」

手紙の中に書かれた文言を思い出しながら、アナルドは頷いた。

「わかりました」

「おい、アナルドっ」

狼狽えた友人を横目に、モヴリスは怪訝な表情を崩さない。

「……随分と物分かりがいいんだね。もっとごねるのかと思ったけれど」

アナルドはただ微笑を浮かべ、上司を無言で見つめるだけだった。

——テーブルの上には変わらず手紙が置かれていた。

『拝啓 冷血な旦那様

この度いただいた通告書により離婚を了承いたしましたので、簡単にではございますが、ご報告させていただきます。

短い間ですがお世話になりました。どうぞ、お元気でお過ごしください。

貴方の元妻より』

<初出>

本書は書き下ろしです。

この物語はフィクションです。実在の人物・団体等とは一切関係ありません。

メディアワークス文庫

拝啓見知らぬ旦那様、離婚していただきますII〈上〉

久川航璃

2022年11月25日　初版発行
2024年1月10日　8版発行

発行者　山下直久
発行　株式会社KADOKAWA
〒102-8177　東京都千代田区富士見2-13-3
0570-002-301（ナビダイヤル）
装丁者　渡辺宏一（有限会社ニイナナニイゴオ）
印刷　株式会社KADOKAWA
製本　株式会社KADOKAWA

●お問い合わせ
https://www.kadokawa.co.jp/（「お問い合わせ」へお進みください）
※内容によっては、お答えできない場合があります。
※サポートは日本国内のみとさせていただきます。
※Japanese text only

※定価はカバーに表示してあります。

Printed in Japan
ISBN978-4-04-914642-4 C0193

メディアワークス文庫　https://mwbunko.com/

本書に対するご意見、ご感想をお寄せください。
あて先
〒102-8177　東京都千代田区富士見2-13-3
メディアワークス文庫編集部
「久川航璃先生」係

大奥の陰陽師

つるみ犬丸

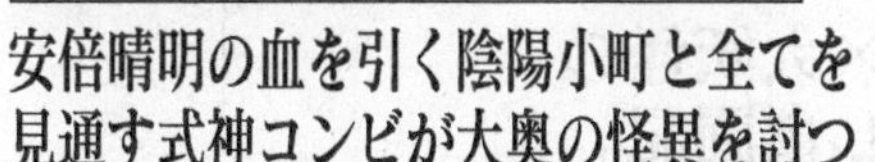

安倍晴明の血を引く陰陽小町と全てを
見通す式神コンビが大奥の怪異を討つ！

　時は徳川が統べる江戸時代。安倍晴明の血を引く雲雀は、町で噂の陰陽小町。物の記憶を覗ける妖狐の式神、葛忌とともに、父の仕事を手伝い暮らしていた。そんな平穏な日々が、ある日急転する。

　雲雀はその腕を買われ、将軍吉宗お抱えの陰陽師として大奥の隠密の命を賜ることに。

　憧れの将軍に仕えることを喜ぶ雲雀。だが、大奥は伏魔殿とも揶揄される女の園。女達の愛憎渦巻く陣中、雲雀と葛忌は「大奥の陰陽師」として、伏魔殿に潜む怪異の正体を暴くため奮闘する。

あなたと式神、お育てします。
〜京都西陣かんざし六花〜

仲町六絵

好きな品をお選び下さい。ここは式神の生まれる店、京都西陣かんざし六花。

かの安倍晴明に連なる陰陽師「桔梗家」の跡取りとして生まれた青年・晴人は、京都は哲学の道で不思議な和装美女・茜と出逢う。

彼女が西陣で営む「かんざし六花」には式神を「育てる」裏の仕事があった……故郷の神様との約束、西陣に迷うこけしの思い、会津で「祇園祭」を守る女性の決意。

珊瑚玉から生まれた式神・さんごを連れて、晴人は京都と一族にまつわる不思議に触れる——

古都・京都が式神と陰陽師を育む、優しいあやかしファンタジー。

天詠花譚
不滅の花をきみに捧ぐ

梅谷百

あなたと出会い、"わたし"を見つける、運命の和風魔法（マジカル）ロマンス。

明治２４年、魔法が社会に浸透し始めた帝都東京に、敵国の女スパイ蓮花が海を越えて上陸する。目的は、伝説の「アサナトの魔導書」の奪還。

魔導書が隠されていると言われる豪商・鷹無家に潜入し、一人息子の宗一郎に接近する。だが蓮花の魔導書を読み解く能力を見込んだ宗一郎から、人々の生活を豊かにする為の魔法道具開発に、力を貸してほしいと頼まれてしまい……。

全く異なる世界を生きてきた二人が、手を取り合い運命を切り拓いていく、和風魔法ロマンス、ここに開幕！！